他爬上环绕农庄四周的那堵厚厚的石头围墙，围墙上长满了荆棘，还攀缘着黑莓的藤蔓。他在那里坐了下来，思索着万一他变不回去，不再是人的话，那日子怎么过呀！

这一下他恍然大悟，那块大方格子布原来就是斯康耐的平坦大地，而他就在它的上空飞行。

啊，真想不到半夜里坐在森林里竟凄凉得令人恐惧，他过去从来不曾知道黑夜这个字眼的真正含义。这就仿佛是整个世界都已经僵死得变成了化石，而且再也不会恢复生命。

青铜大汉狠狠地把手杖往地上猛戳,但是男孩子弄不清楚他想干什么事。那时太阳已经冉冉升起,霎时间青铜国王塑像和木头人都化为一股烟尘随风消失了。

他们头上戴着白色的大学生帽,排成很宽很长的队列在街上行走,这就像整个街道变成了一条黑色的湍流,一朵朵白色的睡莲在摇曳晃动。

当她坐在马车上向那个古老的庄园驶去的时候,她觉得自己每时每刻都变得更加年轻。

尼尔斯骑鹅旅行记

**Nils Holgerssons
underbara resa genom Sverige**

[瑞典]塞尔玛·拉格洛夫 — 著
石琴娥 — 译

天地出版社 | TIANDI PRESS

Nils Holgerssons underbara resa genom Sverige

译者序

《尼尔斯骑鹅旅行记》的瑞典文直译名叫作《尼尔斯·豪格尔森周游瑞典的奇妙旅行》，作者是瑞典女作家塞尔玛·拉格洛夫（1858—1940），她跋山涉水考察瑞典各地后，写成这部充满奇趣的名著。该书分上、下两册，分别于1906和1907年出版。自第一次出版到1940年拉格洛夫去世，该书在瑞典总共发行了三百五十万册。此后，每隔几年又再版一次，是瑞典文学作品中发行量最大的作品之一。此书迄今已被译成五十余种文字。在瑞典，上至国王、首相，下至平民百姓，几乎每一个人在童年时期都阅读过这本书。

《尼尔斯骑鹅旅行记》写的是一个名叫尼尔斯的十四岁农村小男孩的故事。他家住在瑞典南部，父母都是善良、勤劳却又十分贫困的农民。尼尔斯不爱读书，调皮捣蛋，好捉弄小动物。一个初春，他的父母上教堂去了，他在家里因为捉弄一个小精灵而被精灵用魔法变成一个拇指般大的小人儿。这时，一群大雁从空中飞过，家中一只雄鹅也想展翅跟随大雁飞行，尼尔斯为了不让雄鹅飞走，紧紧抱住雄鹅的脖子，不料却被雄鹅带上高空。从此他骑在鹅背上，跟随着大雁走南闯北，周游瑞典各地，从南方一直飞到最北部的拉普兰省，历时八个月才返回家乡。他骑在鹅背上，看到了祖国的奇峰异川、旖旎风光，了解了祖国的地理、历史，听了许多故事传说，也饱尝了不少艰险和苦难。在漫游中，他从旅伴和其他动物身上学到了不少优点，逐渐改正了自己淘气调皮的缺点，培养了勇于舍己、助人为乐的优秀品德。他重返家乡时，不仅变成了一个高大帅气的男孩子，而且成了一个温柔、善良、乐于助人且勤劳的好孩子。作者通过这个故事启发少年儿童要有良好的品德和旺盛的求知欲，要善于取人之长补己之短。这个故事能让少年儿童的心灵变得更纯洁、更善良。同时，读者也能从尼尔斯的漫游中饱览瑞典的锦绣河山，学习瑞典的地理、历史知识和文化传统，也能了解生活、生长在这片土地上的各种动植物。由于篇幅有限，本书与原著相比，进行了部分删减，只保留了尼尔斯冒险的主线故事。

这部作品使拉格洛夫在瑞典享有崇高的威望，瑞典纸币上就有她的头像。老版的20克朗纸币，正面是她的头像，反面画着尼尔斯骑着鹅飞越田野。这部作品使她赢得了与丹麦童话作家安徒生齐名的声誉，并使她成为一个享誉世界的瑞典作家。1909年，她因该书成为第一位获诺贝尔文学奖的女作家，1914年当选为瑞典文学院院士。挪威、芬兰、比利时和法国等国家还把本国的最高荣誉勋章授予了她。

塞尔玛·拉格洛夫是瑞典19世纪末出现的新浪漫派主义文学家的代表。她一生创作了许多部长篇小说、短篇小说、回忆录和童话故事。她的多部作品被改编为电影并在世界各地放映。同时，她的作品也成为画家创作的源泉。

拉格洛夫的创作把幻想同真实交织在一起，把现实幻想化而又不完全离开现实，把自然浪漫化而又不完全脱离自然，这一特点在《尼尔斯骑鹅旅行记》中尤为突出。在这部作品中，她凭借别具匠心的构思和高超的写作技巧，赋予世上万物思想和感情。她在书中大量采用拟人的写法，把人类世界发生的事情搬到动植物世界中去，使整部作品动感十足，情节新颖。人和拟人化的动植物活跃行动于其间，并且有机地结合在一起，充满情趣，使作品极为生动浪漫。此外，她在书中还运用了形象而生动的比喻，穿插了大量童话、传说和民间故事,有的是为了向读者叙述历史事实,有的是为了讲述地形地貌,有的是为了介绍动植物的生活和生长规律,有的则是为了赞扬扶助弱者的优良品德,歌颂善良战胜邪恶,纯真的爱战胜自私、冷酷和残暴。前后呼应的情节同独立成章的故事相结合是这部作品的另一个重要特色。全书以尼尔斯从人变成拇指大的小人儿,又从小人儿重新变成人为主线,中间穿插了许多独立成篇的故事、童话和传说,使得各章既自成一体,又互相连贯。

为了使少年儿童能够看得懂、记得住,真正掌握知识,她基本上是用平铺直叙和素笔白描的写法,对景物除必要的几句交代和叙述之外,一般不做浓墨重彩、长篇大论的描写。当然,这部作品也存在一些不足。尽管如此,《尼尔斯骑鹅旅行记》一书仍旧不愧是一部集知识性、趣味性和欣赏性于一身的优秀读物,不失为世界文学宝库中的珍品。

石琴娥

目录

这个男孩子 _ 001

大雪山来的大雁阿卡 _ 029

白鹤之舞 _ 060

在下雨天里 _ 065

卡尔斯克鲁纳 _ 070

厄兰岛之行 _ 078

小卡尔斯岛 _ 091

两座城市 _ 099

乌　鸦 _ 109

老农妇 _ 122

美丽的花园 _ 131

水　灾 _ 152

在乌普萨拉 _ 171

小灰雁邓芬 _ 196

斯德哥尔摩 _ 203

老鹰高尔果 _ 225

拉普兰 _ 242

到南方去！到南方去！ _ 247

飞往威曼豪格 _ 262

回到了自己的家 _ 268

告别大雁 _ 285

这个男孩子

小精灵

从前有一个男孩子。他十四岁左右,身体很单薄,是个瘦高个儿,而且还长着一头像亚麻那样的淡黄色头发。他没有多大出息,最乐意睡觉和吃饭,再就是很爱调皮捣蛋。

有一个星期日的早晨,这个男孩子的爸爸妈妈把一切收拾停当,准备到教堂去。男孩子只穿着一件衬衫,坐在桌子边上。他想:这一下该多走运啊,爸爸妈妈都出去了,在一两个钟头里可以自己高兴干什么就干什么了。"那么我就可以把爸爸的鸟枪拿下来,放它一枪也不会有人来管我了。"他自言自语道。

可惜就差那么一丁点儿,爸爸似乎猜到了男孩子的心思,因为他刚刚一脚踏在门槛上,马上就要往外走的时候,又停下了脚步,扭过身来把脸朝着男孩子。"既然你不愿意跟我和妈妈一起上教堂去,"他说道,"那么我想,你起码要在家里念念福音书[1]。你肯答应做到吗?"

"行啊,"男孩子答应说,"我做得到的。"其实,他心里在想,反正我乐意念多少就念多少呗。

男孩子觉得他从来没有看到过妈妈动作像现在这样迅速。一转眼的工夫她已经走到挂在墙壁上的书架旁,取下了路德[2]注的《圣训布道集》,把它放在靠窗的桌子上,并且翻到了当天要念的训言。她还把福音书翻开,放到《圣训布道集》旁边。最后,她又把大靠背椅拉到了桌子边。那张大靠背椅是她去年从威曼豪格牧师宅邸的拍卖场买来的,平常除爸爸之外谁也不可以坐。

男孩子坐在那里想着,妈妈这样搬动摆弄实在是白白操心,因为他打算顶多念上一两页。可是,大概事情有第一回就有第二回,爸爸好像能够把他一眼看透似的,他走到男孩

---

[1] 福音书,基督教圣经中《马太福音》《马可福音》《路加福音》《约翰福音》的统称,也可指其中任意一本。内容是关于耶稣降生、成人以及其他言行的故事。"福音"原意为"好消息"。——译者注(如无特别说明,本书中注释均为译者所注)
[2] 路德,即马丁·路德(1483—1546),16世纪德国宗教改革的倡导者,基督教路德派的创始人。

子面前,声音严厉地吩咐说:"小心记住,你要仔仔细细地念!等我们回家,我要一页一页地考你。你要是跳过一页不念的话,那对你不会有什么好处的。"

"这篇训言一共有十四页半哩,"妈妈又叮嘱了一句,把页数规定下来,"要想念完的话,你必须坐下来马上开始念。"

他们总算走了。男孩子站在门口看着他们渐渐远去的背影,不由得怨艾起来,觉得自己好像被捕鼠夹子夹住一样寸步难移。"现在倒好,他们俩到外面去了,那么得意,居然想出了这么巧妙的办法。在他们回家之前的这段时间里,我却不得不坐在这里老老实实地念训言。"

其实,爸爸和妈妈并不是很放心得意地走的,恰恰相反,他们的心情很苦恼。他们是穷苦的佃农人家,全部土地比一个菜园子大不到哪里去。在刚刚搬到这个地方住的时候,他们只养了一头猪和两三只鸡,别的什么也养不起。不过,他们极其勤劳,而且非常能干,如今也养起了奶牛和鹅群。他们的家境已经大大地好转了。倘若不是这个儿子叫他们牵肠挂肚的话,他们在那一个晴朗的早晨本来是可以心满意足、高高兴兴地到教堂去的。爸爸埋怨他太慢慢吞吞而且懒惰得要命，在学校里什么都不愿意学；说他不顶用，连叫他去看管鹅群都叫人不大放心。妈妈也并不觉得这些责怪有什么不对，不过她最烦闷伤心的还是他的粗野和顽皮。他对牲口非常凶狠，对人也很厉害。"求求上帝赶走他身上的那股邪恶，使他的良心变好起来，"妈妈祈祷说，"要不然的话，他迟早会害了自己，也会给我们带来不幸。"

男孩子呆呆地站了好长时间，想来想去：到底念还是不念训言？后来终于拿定主意，这一次还是听话的好。于是，他一屁股坐到大靠背椅上，开始念起来了。他有气无力，叽里咕噜地把书上的那些字句念了一会儿，那半高不高的喃喃声音似乎在为他催眠，他迷迷糊糊地觉得自己在打盹了。

窗外阳光明媚，一片春意。虽然才三月二十日，可是男孩子住的斯康耐省南部的威曼豪格教区的春天早已来到了。树林虽然还没有绿遍，但是含苞吐芽，已是一派生机蓬勃的景象。沟渠里冰消雪融，化为积水，渠边的迎春花已经开了。长在石头围墙上的矮小灌木都泛出了光亮的棕红色。远处的山毛榉树林好像每时每刻都在膨胀开来，变得更加茂密。天空是那么高远晴朗，碧蓝碧蓝的，连半点云彩都没有。男孩子家的大门半开半掩着，他在房间里就听得见云雀的婉转啼唱。鸡和鹅三三两两地在院子里踱来踱去。奶牛也嗅到了透进牛棚里的春天的气息，时不时地发出哞哞的叫声。

男孩子一边念着，一边前后点头打盹儿，他使劲不让自己睡着。"不行，我可不愿意睡着，"他想道，"要不然我整个上午都念不完的。"

然而，不知怎么的，他还是呼呼地睡着了。

他不知道自己睡了才一会儿还是很长时间，可是他被自己身后发出的窸窸窣窣的轻微响声惊醒了。

男孩子面前的窗台上放着一面小镜子，镜面正对着他。他一抬头，恰好朝镜子里看。他忽然看到妈妈的那口大衣箱的箱盖是开着的。

原来，妈妈有一个很大很重、四周包着铁皮的栎木衣箱，除了她自己，从不许别人打开它。她在箱子里收藏着从她母亲那里继承来的遗物和所有她特别心爱的东西。这里面有两三件式样陈旧的农家妇女穿的裙袍，是用红颜色的布料做的，上身很短，下边是打着褶裥的裙子，胸衣上还缀着许多小珠子。那里面还有浆得梆硬的白色包头布、沉甸甸的银质带扣和项链等。如今大家早已不时兴穿戴这些东西了，妈妈有好几次打算把这些老掉牙的衣物卖掉,可是总舍不得。

现在,男孩子从镜子里看得一清二楚,那口大衣箱的箱盖的确是敞开着的。他弄不明白这是怎么回事,因为妈妈临走之前明明是把箱盖盖好的。再说只有他一个人留在家里,妈妈也决计不会让那口箱子开着就走的。

他心里害怕得要命,生怕有小偷溜进了屋里。于是,他一动也不敢动,只好安安分分坐在椅子上,两只眼睛直怔怔地盯住那面镜子。

他坐在那里等着,小偷说不定什么时候会出现在自己面前。他忽然诧异起来,落在箱子边上的那团黑影究竟是什么东西。他看着看着,越看越不敢相信自己的眼睛。那团东西起初像是黑影子,这时候愈来愈变得分明了。不久之后,他看清楚那是个实实在在的东西,而且不是什么好东西,是个小精灵,他正跨坐在箱子的边上。

男孩子当然早就听人说起过小精灵,可是他从来没有想到他们竟是这样小。坐在箱子边上的那个小精灵还没有一个巴掌高。他长着一张苍老且皱纹很多的脸,但脸上却没有一根胡须。他穿着黑颜色的长外套、齐膝的短裤,头上戴着帽檐很宽的黑色硬顶帽。他浑身的打扮都非常整洁讲究,上衣的领口和袖口上都缀着白色的挑纱花边，鞋上的系带和吊袜带都打成蝴蝶结。他刚刚从箱子里取出一件绣花胸衣，着迷地观赏那老古董的精致做工，压根儿没有发觉男孩子已经醒来了。

男孩子看到小精灵，感到非常惊奇，但是并不特别害怕。那么小的东西是不会使人害怕的。小精灵坐在那里，聚精会神地沉迷在观赏之中，既看不到别的东西，也听不到别的声音。男孩子便想道，要是恶作剧一下，把他推到箱子里去再把箱子盖紧，或者是别的这类动作，那一定是十分有趣的。

但是男孩子的胆子还没有那么大，他不敢用双手去碰小精灵，所以他朝屋里四处张望，想找到一样家伙来戳那个小精灵。他把目光从沙发床移到折叠桌子，再从折叠桌子移到了炉灶。他看了看炉灶旁边架子上放着的锅子和咖啡壶，又看了看门口旁边的水壶，还有从碗柜半掩半开的柜门里露到外面的勺子、刀叉和盘碟等等。他还看了看爸爸挂在墙上的丹麦国王夫妇肖像旁边的那支鸟枪，还有窗台上开满花朵的天竺葵和吊挂海棠。最后，他的目光落到挂在窗框上的一个旧纱罩上。

他一见到那个纱罩便赶紧把它摘下来,然后蹲过去,贴着箱子边缘把小精灵扣住。他自己都感到奇怪,怎么竟然这样走运,还没有明白是怎样动手的,那个小精灵就真的被他逮住了。那个可怜的家伙躺在长纱罩的底部,脑袋朝下,再也无法爬出来了。

在起初的那一刹那,男孩子简直不知道他该怎么来对付这个俘虏。他只顾小心翼翼地将纱罩摇来晃去,免得小精灵钻空子爬出来。

小精灵开口讲话了,苦苦地哀求男孩子放掉他。小精灵说自己多年来为男孩子一家人做了许多好事,按理说应该受到更好的对待。倘若男孩子肯放掉他的话,他将送给男孩子一枚古银币、一个银勺子和一枚像他父亲的银挂表底盘那样大的金币。

男孩子并不觉得这笔代价太大,可是说来也怪,自从他可以任意摆布小精灵以后,他反而害怕起小精灵来了。他忽然觉得,他是同某个陌生而又可怕的妖怪在打交道,这个妖怪根本不属于他这个世界,因此他倒很乐意赶快放掉这个妖怪。

所以,他马上就答应了那笔交易,把纱罩抬起,好让小精灵爬出来。可是正当小精灵差一点儿就要爬出来的时候，男孩子忽然一转念，想到他本来应该要求得到一笔更大的财产和尽量多的好处。起码他应该提出这么一个条件，那就是小精灵要施展魔法把那些训言变进他的脑子里去。"唉，我真傻，居然要把他放跑！"他想道，随手又摇晃起那个纱罩，想让小精灵再跌进去。

就在男孩子刚刚这样做的时候，他脸上挨了一记重重的耳光，他觉得脑袋都快被震裂成许多碎块了。他一下子撞到一堵墙上，接着又撞到另一堵墙上，最后他倒在地上失去了知觉。

当他清醒过来的时候，屋里只剩下他一个人，小精灵早已不见了踪影。那口大衣箱的箱盖严严实实地盖在箱子上，而那个纱罩仍旧挂在窗子原来的地方。要不是他觉得挨过耳光的右脸颊热辣辣地生疼的话，他几乎真的要相信方才发生的一切只不过是一场梦而已。"不管怎么说，爸爸妈妈都不会相信发生过别的事情，只会说我在睡觉做梦，"他想道，"再说他们也不会因为那小精灵的缘故让我少念几页。我最好还是坐下来重新念吧。"

可是，当他朝着桌子走过去的时候，他发觉了一件不可思议的怪事：房子明明不应该变大的，应该还是原来的大小，可是他却比往常多走好多好多步路才走到桌子跟前。这是怎么回事呢？那张椅子又是怎么回事呢？它看上去并没有比方才更大些，他却要先爬在椅子腿之间的横档上，然后才能够攀到椅子的座板。桌子也是一样，他不爬上椅子的扶手便看不到桌面。

"这究竟是怎么回事？"男孩子惊呼起来，"我想一定是那个小精灵对椅子、桌子还有整幢房子都施了妖术。"

那本《训言布道集》还摊在桌上，看样子跟早先没有什么不同，可是也变得非常邪门了，因为它实在太大了，要是他不站到书上去的话，他连一个字都看不完。

他念了两三行，无意之中抬头一看，眼光正好落在那面镜子上。他立刻尖声惊叫起来："哎哟，那里又来了一个！"

因为他在镜子里清清楚楚地看到一个很小很小的小人儿，小人儿头上戴着尖顶小帽，身上穿着一条皮裤。

"哎哟，那个家伙的打扮同我一模一样！"他一面吃惊地喊，一面两只手紧捏在一起。这时，他看到镜子里的那个小人儿也做了同样的动作。

男孩子又揪揪自己的头发，拧拧自己的胳膊，再把自己的身体扭来扭去。就在同一刹那，镜子里的那个家伙也照做不误。

男孩子绕着镜子奔跑了好几圈，想看看镜子背后是不是还藏着一个小人儿。可是他根本找不到什么人。这一下可把他吓坏了，他浑身簌簌地发起抖来。因为他明白过来，原来小精灵在自己身上施展了妖法，他在镜子里看到的那个小人儿，不是别人，正是他自己。

大　雁

男孩子简直无法相信，自己竟然摇身一变，变成了小精灵。"哼，这保准是一场梦，要不就是胡思乱想，"他想，"再等一会儿，我保管还会变成人的。"

他站在镜子面前，紧闭起双眼。过了几分钟后，他才睁开眼睛，他等待着自己那副模样烟消云散。可是这一切还是原封不动，他仍旧是个小人儿。除此之外，他的模样还是同以前完全一样，淡得发白的亚麻色头发，鼻子两边的雀斑，皮裤和袜子上的一块块补丁，都和过去一模一样，唯一不同之处就是它们都变得很小、很小了。

不行,这样呆呆地站在这里等待是没有什么用处的,他想到了这一点,一定要想出别的法子来,而他能想得出来的最好的法子就是找到小精灵,同他讲和。

他跳到地板上开始寻找。他把椅子和柜子背后、沙发床底和炉灶里统统都看过,他甚至还钻进了两三个老鼠洞里去看,可他还是没有找到小精灵。

他一边寻找,一边呜呜地哭泣起来。他苦苦地恳求,而且还许愿要做一切可以想出来的好事,他保证从今以后再也不对任何人说话不算数,再也不调皮捣蛋,念训言时再也不睡觉了。只要他能够重新变成人,他一定要做一个非常讨人喜欢的、善良又听话的孩子。可惜不管他怎么许愿,却一点儿用处都没有。

他忽然灵机一动,记起了曾经听妈妈讲过,那些小人儿常常是住在牛棚里的。于是,他决定马上就到那里去看看能不能找到小精灵。幸亏屋门还半开着,否则他连门锁都够不到,更无法打开大门了。不过,现在他可以毫无障碍地走出去。

他一走到门廊里就找他的木鞋,因为在屋里他当然是光穿着袜子来回走动的。他怔怔地对着那些又大又重的木鞋发愁，可是他马上就看到门槛上放着一双很小的木鞋。他没想到小精灵想得那么细致周到，竟然把他的木鞋也给变小了，他心里就更加烦恼起来，照这么看来，自己倒霉的日子似乎还长着哩。

门廊外面竖着的那块旧槲木板上有一只灰色的麻雀在跳来蹦去。他一见到男孩子就高声喊道："叽叽，叽叽，快来看放鹅倌儿尼尔斯！快来看拇指大的小人儿！快来看拇指大的小人儿尼尔斯·豪格尔森！"

院子里的鸡和鹅纷纷掉过头来，盯着男孩子看，咯咯的啼叫声乱哄哄地闹成一片。"喔喔喔呃，"公鸡鸣叫道，"他真是活该，喔喔喔呃，他曾经扯过我的鸡冠！""咕咕咕，他真活该！"母鸡们齐声呼应，而且就这样没完没了地叽咕下去。那些大鹅围挤成一团，把头伸到一起来问道："是谁把他变了样？是谁把他变了样？"

可是最叫人奇怪的是男孩子竟然能够听懂他们在说些什么了。他非常吃惊，呆呆地站在台阶上听起来。"这大概是因为我变成了小精灵的缘故吧，"他自言自语，"保准是这个原因，我才能听懂那些鸟呀，鸡呀，鹅呀，那些长着羽毛的家伙的话。"

他觉得那些母鸡无休无止地嚷嚷他真活该，叫他实在无法忍受下去。他捡起一块石子朝她们扔过去，还骂骂咧咧："闭上你们的臭嘴，你们这些浑蛋！"

可是他却忘记了，他已经不再是母鸡们看见了就害怕的那样一个人了。整个鸡群都冲到他的身边，把他团团围住，齐声高叫："咕咕咕，你活该！咕咕咕，你活该！"

男孩子想要摆脱她们的纠缠，可是母鸡们追逐着他，一边追一边叫喊，他的耳朵险些被吵聋了。倘若他家里养的那只猫没有在这时走出来的话，他是休想冲出她们的包围的。那些母鸡一见到猫儿，顿时安静下来，装作专心致志地在地上啄虫子吃。

男孩子马上跑到猫儿跟前，说："亲爱的猫咪，你不是对院子每个角落和隐蔽的洞孔都很熟悉吗？请你行行好，告诉我在哪儿可以找到小精灵。"

猫儿没有立刻回答。他坐了下来，把尾巴优雅地卷到腿前盘成一个圆圈，目光炯炯地盯住男孩子。那是一只很大的黑猫，颈项底下有一块白斑。他周身的毛十分平滑，在阳光照耀下显得油光光的。他的爪子蜷曲在脚掌里面，两只灰色的眼睛眯成一条细缝。这只猫的样子非常温和驯服。

"我当然晓得小精灵住在什么地方,"他低声细气地说道,"可是,这并不是说我愿意告诉你。"

"亲爱的猫咪,你千万要答应帮帮我,"男孩子说道,"你难道没有看出来他用妖法害得我变成了什么模样?"

猫儿把眼睛稍微眯了一眯,眼里闪出了含着恶意的绿色光芒。他幸灾乐祸地扭动身体,心满意足地咪呀咪呀地叫了老半天,这才做出回答:"难道我非得帮你忙不可,就因为你常常揪我的尾巴?"

这下子男孩子气得火冒三丈,他把自己是那么弱小和没有力气这件事忘得一干二净。"哼,我还要揪你的尾巴。"他叫嚷着向猫儿猛扑过去。

霎时间,猫儿变了个模样,男孩子几乎不敢相信他就是刚才的那只猫咪。他身上一根根毛全都笔直地竖立起来,腰拱起来形成弓状,四条腿像绷紧的弹弓,尖尖的利爪在地上刨动着,那条尾巴缩得又短又粗,两只耳朵向后贴,血盆大口发出嘶嘿嘶嘿的咆哮,一双怒目瞪得滴溜滚圆,喷射着血红色的火光。

男孩子不肯被一只猫吓得畏缩,他朝前逼近了一步。这时候,猫儿一个虎跃扑到了男孩子身上,把他掀倒在地上,前爪踏住了他的胸膛,血盆大口对准他的咽喉一口咬下来。

男孩子感觉到猫儿的利爪刺穿了背心和衬衣,戳进了他的皮肉里面,猫的尖牙在他的咽喉上磨来蹭去。他使出了全身力气,放声狂呼救命。

可是没有人来。他认定这下子完了,他的最后时刻来到了。就在这个时候,他忽然觉得猫儿把利爪缩了回去,松开了他的喉咙。

"算啦,"猫儿慷慨地说道,"这一回就算啦,我看在女主人的面上饶了你这一次。我只不过想让你领教领教,咱们两个之间现在究竟谁厉害。"

猫儿说完这几句话扭身走了,他的模样又恢复了刚才的温顺善良。男孩子羞愧得连一句话也说不出来,他三步并作两步跑到牛棚里去寻找小精灵。

牛棚里只有三头奶牛。可是当男孩子走进去之后,里面顿时沸腾起来,喧闹成一片,听起来叫人感觉至少有三十头奶牛。

"哞、哞、哞,"那头名叫五月玫瑰的奶牛吼叫道,"真是好极了,世界上还有公道!"

"哞、哞、哞!"三头奶牛齐声吼叫起来,她们的声音一个盖过一个,他简直没法听清楚她们在叫喊什么。

男孩子想要张口问问小精灵住在哪里,可是奶牛们吵闹得天翻地覆,他根本没法让她们听见自己的话。她们怒气冲冲,就像是平日他把一条陌生的狗放进来,在她们之间乱窜时候的情景一样。她们后腿乱蹦乱踢,颈上的肉来回晃动,脑袋朝外伸出,犄角都直对着他。

"你快上这儿来,"五月玫瑰吼叫道,"我非要踢你一蹄子,叫你永远忘不了!"

"你过来,"另一头名叫金百合花的奶牛哼哼道,"我要让你吊在我的犄角上跳舞!"

"你过来,我让你尝尝挨木头鞋揍的滋味,你在去年夏天老是这么打我来着。"那头名叫小星星的奶牛也怒吼道。

"你过来,你曾经把马蜂放进我的耳朵里,现在要你得到报应。"金百合花狠狠地咆哮。

五月玫瑰是她们当中年纪最大、最聪明的,她的怒气也最大。"你过来,"她训斥说,"你干了那么多坏事,我要让你统统得到惩罚。有多少次你从你妈妈身下抽走她挤奶时坐的小板凳!有多少次你妈妈提着牛奶桶走过的时候你伸出腿来绊得她跌跤!又有多少次你气得她站在这儿为你直流眼泪!"

男孩子想要告诉她们,他已经后悔了,他过去一直欺负她们,可是只要她们告诉他小精灵在哪里,他就决计不会亏待她们,会对她们很好很好的。然而奶牛们都不听他说,她们吵嚷得非常凶,他真害怕有哪头牛会挣脱缰绳冲过来,所以还是趁早从牛棚里溜出来为妙。

他垂头丧气地走了出来。他心里明白,这个农庄里恐怕不会有人肯帮他去寻找小精灵的。再说,就算他找到了小精灵,也不见得会有多大用处。

他爬上环绕农庄四周的那堵厚厚的石头围墙,围墙上长满了荆棘,还攀缘着黑莓的藤蔓。他在那里坐了下来,思索着万一他变不回去,不再是人的话,那日子怎么过呀!爸爸妈妈从教堂回来一定会大吃一惊。是呀,连全国各地的人都会大吃一惊呢!东威曼豪格镇、托尔坡镇还有斯可鲁坡镇都会有人来看他的洋相,整个威曼豪格县远远近近都会有人赶来看他。说不定,爸爸和妈妈还会把他领到基维克的集市上去给大家开开眼哪!

唉,愈想愈叫人心惊胆战。他真愿意从今以后再也没有一个人看到他的怪模样。

他真是太不幸了，世界上再没有人像他那样不幸。他已经不再是人了，而成了一个妖精。

他渐渐地开始明白过来，要是他变不回去，不再是人的话，那会有什么结果。他将丧失人世间所有的一切：他再不能够同别的孩子一起玩耍，也不能够继承父母的小农庄，而且休想找到一个肯同他结婚的姑娘。

他坐在那里，凝视着自己的家。那是一幢很小的农舍，圆木交叉做成的梁柱，泥土垒成的墙壁，它仿佛承受不了那高而陡峭的干草房顶的重压而深深地陷进了地里。外面的偏屋也全都小得可怜。耕地更是狭窄得几乎难容一匹马翻身打滚儿。尽管这个地方那么小、那么贫穷，但对他来说已经是好得不能再好了。他现在只消有个牛棚地板底下的洞穴就可以容身了。

天气真是好极了，沟渠里流水淙淙作响，枝头上绿芽绽发，小鸟叽叽喳喳在啼叫，四周一片欣欣向荣。而他却坐在那里，心情非常沉重，难过得要命，什么事情都无法使他高兴起来。

他从来没有看到过天空像今天那么碧蓝碧蓝的。候鸟成群结队匆匆飞翔。他们长途跋涉刚刚从国外飞回来，横越过波罗的海,绕过斯密格霍克,如今正在朝北行进的途中。一群群鸟各色各样,种类不同,他只认出了几只大雁,他们分为两行,排成楔形的队伍飞行前进。

已经有好几群大雁飞过去了。他们飞得很高很高,然而他却还能隐约地听到他们在叫喊:"加把劲儿飞向高山!加把劲儿飞向高山!"

当大雁们看到那些正在院子里慢慢吞吞迈着方步的家鹅的时候,他们朝地面俯冲下来,齐声呼唤道:"跟我们一起来吧!跟我们一起来吧!一起飞向高山!"

家鹅禁不住仰起了头仔细倾听,可是他们明智地回答说:"我们的日子过得很好!我们的日子过得很好!"

就像刚才讲的那样,今天天气格外晴朗,空气是那么新鲜,那么和煦。在这样的晴空丽日中翱翔,那真是一种绝妙的乐趣。随着一群又一群大雁飞过,家鹅越来越蠢蠢欲动了。有好几次,他们振拍翼翅,似乎打算跟大雁一起飞上蓝天。可是有一只上了年岁的鹅妈妈每次都告诫说:"千万别发疯!他们在空中一定又挨饿又受冻的。"

大雁的呼唤使得一只年轻的雄鹅勃然心动,真的萌发了长途旅行的念头。"再过来一群,我就跟他们一起去。"他说道。

又有一群大雁飞过来了,他们照样呼唤。这时候,那只年轻的雄鹅就回答:"等一下,等一下,我来啦!"

他张开两只翅膀,扑向空中,但是他不经常飞行,结果又跌下来,落在地面上。

大雁们大概听见了他的叫喊,他们掉转身体,慢慢地飞回来,看看他是不是真的要跟上来。

"等一下,等一下。"他叫道,又做了一次新的尝试。

躺在石头围墙上的男孩子对这一切都听得一清二楚。"哎哟,这只大雄鹅要是飞走的话,那该是多么大的损失呀,"他想道,"爸爸妈妈从教堂回来,一看大雄鹅不见了,他们一定会非常伤心的。"

他这么想的时候却又忘记了自己是那么矮小,那么没有力气。他一下子从墙上跳了下来,恰好跳到鹅群当中,用双臂紧紧抱住了雄鹅的脖子。"你可千万别飞走啊。"他央求着喊叫。

不料就在这一瞬间,雄鹅恰恰弄明白了应该怎样才能使自己离开地面腾空而起。他来不及停下来把男孩子从身上抖掉,就带着他一起飞到了空中。

一下子很快上升到空中，这使得男孩子头晕目眩。等到他想到应该松手放开雄鹅的脖子的时候，他早已身在高空了。倘若这时候再松开手，他必定会掉下来，摔得粉身碎骨。

想要稍微舒服一点儿的话，他唯一可做的事情就是爬到鹅背上去。他费了九牛二虎之力，终于爬了上去。不过要在两只不断上下扇动的翅膀之间的光溜溜的鹅背上坐稳，却不是一件容易的事情。他不得不用两只手牢牢地抓住雄鹅的羽毛，免得滑落下去。

方格子布

男孩子觉得天旋地转，好长一段时间头脑都晕晕乎乎的。一阵阵气流强劲地朝他扑面吹来。随着翅膀的上下扇动，翎毛里发出暴风雨般的呜呜巨响。有十三只大雁在他身边飞翔，个个都振翼挥翅，放声啼鸣。他的眼前眩晕旋转，耳朵里嗡嗡鸣响。他不知道大雁们飞行的高度如何，也不晓得他们要飞到哪里去。

后来，他的头脑终于清醒了一些，他想到他应该弄明白那些大雁究竟要把他带到哪里去。不过这并不那么容易做到,因为他不晓得自己有没有勇气低头朝下看。他几乎敢肯定,只要朝下一看,他非要晕眩不可。

大雁们飞得并不是特别高,因为这位新来的旅伴在稀薄的空气中会透不过气来。为了照顾他,他们比平常飞得要慢一点儿。

后来男孩子勉强朝地面上瞄了一眼。他觉得在自己的身下,铺着一块很大很大的布,布面上分布着数目多得叫人难以相信的大大小小的方格子。

"我究竟来到了什么地方呀?"他问道。

除接二连三的方格子以外,他什么都看不见。有些方格是正方形的,有些是长方形的,每块方格都有棱有角,四边笔直。既看不到有圆形的,也看不到有曲里拐弯的东西。

"我朝下看到的究竟是怎么样的一块大方格子布呢?"男孩子自言自语地问道,并不期待有人回答他。

但是,在他身边飞翔的大雁却马上齐声叫道:"耕地和牧场,耕地和牧场。"

这一下他恍然大悟,那块大方格子布原来就是斯康耐的平坦大地,而他就在它的上空飞行。他开始明白过来,为什么大地看上去那么色彩斑斓,而且都是方格子形状了。他首先认出了那些碧绿颜色的方格子,那是去年秋天播种的黑麦田,在积雪覆盖之下一直保持着绿颜色。那些灰黄颜色的方块是去年夏天庄稼收割后残留着茬根的田地。那些褐色的是老苜蓿地,而那些黑色的是还没有长出草来的牧场或者已经犁过的休耕地。那些镶着黄色边的褐色方块想必是山毛榉树林,因为在这种树林里大树多半长在中央,到了冬天大树叶子脱落得光秃秃的,而长在树林边上的那些小山毛榉树却能够把枯黄的干树叶保存到来年春天。还有些颜色暗淡模糊而中央部分呈灰色的方块,那是很大的庄园,四周盖着房屋,屋顶上的干草已经变得黑乎乎的,中央是铺着石板的庭院。还有些方格,中间部分是绿色的,四周是褐色的,那是一些花园,草坪已经开始泛出绿颜色,而四周的篱笆和树木仍然裸露着光秃秃的褐色躯体。

男孩子看到所有这一切都是那么四四方方的,忍不住嘻嘻地笑出声来。

大雁们听到他的笑声,便不无责备地叫喊道:"肥美的土地!肥美的土地!"

男孩子马上神情严肃起来。"唉,你碰上了最倒霉的事情,亏你还笑得出来!"他想道。

他的神情庄重了不长一会儿，他又笑了起来。

他越来越习惯于骑着鹅在空中迅速飞行了，非但能够稳稳当当地坐在鹅背上，还可以分神想点别的东西。他注意到天空中熙熙攘攘全都是朝北方飞去的鸟群，而且这群鸟同那群鸟之间还你喊我嚷，大声啼叫着打招呼。"哦，原来你们今天也飞过来啦。"有些鸟叫道。"不错，我们飞过来了！"大雁们回答说，"你们觉得今年春天的光景怎么样？""树木上还没有长出一片叶子，湖里的水还是冰凉的哩。"有些鸟儿这样说道。

大雁们飞过一个地方，那里有些家禽在场院里信步闲走，他们鸣叫着问道："这个农庄叫什么名字？这个农庄叫什么名字？"有只公鸡仰起头来朝天大喊："这个农庄叫作'小田园'！今年和去年，名字一个样！今年和去年，名字一个样！"

在斯康耐这个地方，农家田舍多半是跟着主人的姓名来称呼的。然而，那些公鸡却不愿约定俗成地回答说这是彼尔·马蒂森的家，或者那是乌拉·布森的家。他们挖空心思给各个农舍起些更名副其实的名字。如果他们住在穷人或者佃农家里，他们就会叫道："这个农庄叫作'没余粮'！"

而那些最贫困的人家的公鸡则叫道:"这个农庄名叫'吃不饱','吃不饱'!"

那些日子过得红火的富裕人农庄,公鸡们都给起了响亮动听的名字,什么"幸福地"啦,"蛋山庄"啦,还有"金钱村"啦,等等。

可是贵族庄园里的公鸡又是另外一个模样,他们高傲自大,不屑于讲这样的俏皮话。曾有这样一只公鸡,他用足以传遍九天的声音来啼叫,大概是想让太阳也听到他的声音。他喊道:"本庄乃是迪贝克老爷的庄园!今年和去年,名字一个样!今年和去年,名字一个样!"

就在稍过去一点儿的地方,另外一只公鸡也在啼叫:"本庄乃是天鹅岛庄园,想必全世界都知道!"

男孩子注意到,大雁们并没有笔直地往前飞。他们在整个南方平原各个角落的上空盘旋翱翔,似乎他们对于来到斯康耐旧地重游感到分外喜悦,所以他们想要向每个农庄问候致意。

他们来到了一个地方,那里矗立着几座雄伟而笨重的建筑物,高高的烟囱指向空中,周围是一片稀疏的房子。"这是约德伯亚糖厂!"大雁们叫道,"这是约德伯亚糖厂!"

男孩子坐在鹅背上顿时全身一震,他早该把这个地方认出来。这家厂离他家不远,他去年还在这里当过放鹅娃呢!这大概是从空中看下去,一切东西都变了样的缘故。

唉,想想看!放鹅的小姑娘奥萨还有小马茨,去年他的小伙伴,不知道他们现在怎么样。男孩子真想知道他们是不是还在这里走动。万一他们知道了自己就在他们的头顶上高高飞过的话,他们会说些什么呢?

约德伯亚渐渐从视野中消失了。他们飞到了斯威达拉和斯卡伯湖,然后又折回到布里恩格修道院和海克伯亚的上空。男孩子在这一天里见到的斯康耐的地方要远比他从出生到现在这么多年里所见到的还要多。

当大雁们看到家鹅的时候,他们是最开心不过了。他们会慢慢地飞到家鹅头顶上,往下呼唤道:"我们飞向高山,你们也跟着来吗?你们也跟着来吗?"

可是家鹅回答说:"地上还是冬天,你们出来得太早。快回去吧,快回去吧!"

大雁们飞得更低一些,为的是让家鹅听得更清楚。他们呼唤道:"快来吧,我们会教你们飞上天和下水游泳。"

这一来家鹅都生气起来了,连一声"哑哑"也不回答。

大雁们飞得更低了，身子几乎擦到了地面，然而又像电光火花一般直冲到空中，好像他们突然受到了什么惊吓。

"哎呀！哎呀！"他们惊吁道，"这些原来不是家鹅，而是一群绵羊，而是一群绵羊！"

地上的家鹅气得暴跳如雷，狂怒地喊叫："但愿你们都挨枪子儿，都挨枪子儿，一个都不剩，一个都不剩！"

男孩子听到这些嘲弄戏谑，禁不住哈哈大笑起来。就在这时候，他记起了自己是如何倒霉，又忍不住呜呜咽咽地哭了起来。可是，过了一会儿他又笑了起来。

他从来不曾以这样猛烈的速度向前飞驰过，也不曾这样风驰电掣地乘骑狂奔，虽然他一直喜欢骑牛狂奔。他当然也想象不到，在空中遨游竟会这样痛快惬意，地面上冉冉升起一股泥土和松脂的芬芳味道。他从来也想象不出在离开地面那么高的地方翱翔是怎样的滋味。这就像是从一切能想得到的忧愁、悲伤和烦恼中飞了出去一样。

大雪山[1]来的大雁阿卡

傍　晚

那只跟随雁群一起在空中飞行的白色大雄鹅由于能够同大雁们一起在南部平原的上空来回游览，并且还可以戏弄别的家禽而显得兴高采烈。可是，不管有多么开心，到了下午晚些时候，他还是开始感到疲倦了。他竭力加深呼吸和加速拍动翅膀，然而仍旧远远地落在大雁后边。

那几只飞在末尾的大雁注意到这只家鹅跟不上队伍的时候，便向飞在最前头的领头雁叫喊道："喂，大雪山来的阿卡！喂，大雪山来的阿卡！"

"你们喊我有什么事？"领头雁问道。

"白鹅掉队啦！白鹅掉队啦！"

---

[1] 大雪山，此处指凯布讷卡伊塞山，位于瑞典北部拉普兰省，是瑞典最高的山，北峰高2097米，南峰高2111米。

"快告诉他,快点飞比慢慢飞要省力!"领头雁回答说,并且照样扑动翅膀向前飞。

雄鹅尽力按照她的劝告去做,努力加快速度,可是他已经筋疲力尽,于是径直朝耕地和牧场四周已经剪过枝的柳树丛中坠落下去。

"阿卡!阿卡!大雪山来的阿卡!"那些飞在队尾的大雁看到雄鹅苦苦挣扎就又叫喊道。

"你们又喊我干什么?"领头雁问道,从她的声音里听得出来她有点不耐烦了。

"白鹅坠下去啦!白鹅坠下去啦!"

"告诉他,飞得高比飞得低更省劲儿!"领头雁说,她一点儿也不放慢速度,照样扑动翅膀往前冲。

雄鹅本想按照她的规劝去做,可是往上飞的时候,他却喘不过气来,连肺都快要炸开了。

"阿卡!阿卡!"飞在后面的那几只大雁又呼叫起来。

"难道你们就不能让我安安生生地飞吗?"领头雁比早先更加不耐烦了。

"白鹅快要撞到地上去啦!白鹅快要撞到地上去啦!"

"跟他讲,跟不上队伍可以回家去!"她气冲冲地讲道。她的脑子似乎根本没有要减慢速度的念头，还是同早先一样快地向前扑动翅膀。

"嘿，原来是这么一回事呵。"雄鹅暗自思忖道。他这下子明白过来，大雁根本就没打算带他到北部的拉普兰去，而只是把他带出来散散心罢了。

他非常恼火，自己心有余而力不足，没有能耐向这些流浪者显示一下，哪怕是一只家鹅也能够做出一番事业来。最叫人受不了的是他同大雪山来的阿卡碰在一块儿了，尽管他是一只家鹅，也听说过有一只一百多岁的名叫阿卡的领头雁。她的名声非常大，那些最好的大雁都愿意跟她结伴而行。不过，再也没有谁比阿卡和她的雁群更看不起家鹅了，所以他想让他们看看，他跟他们是不相上下的。

他跟在雁群后面慢慢地飞着，心里在盘算到底是掉头回去还是继续向前。这时候，他背上驮着的那个小人儿突然开口说道："亲爱的莫顿，你应该知道，你从来没有飞上天过，要想跟着大雁一直飞到拉普兰，那是办不到的。你还不在活活摔死之前赶快转身回家去？"

可是雄鹅知道，这个佃农家的男孩子是最使他浑身不舒服的了，连这个可怜虫都不相信他有能耐做这次飞行，他就下定决心要坚持下去。"你要是再多嘴,我就把你摔到我们飞过的第一个泥灰石坑里去!"雄鹅气鼓鼓地叫起来。他一气之下,竟然力气大了好多,能够同别的大雁飞得差不多快了。

当然,要长时间这样快地飞行他是坚持不住的,况且也并不需要,因为太阳迅速地落山了。太阳一落下去,雁群就赶紧往下飞。男孩子和雄鹅还没有回过神来,他们就已经站立在维姆布湖的湖滨上了。

"这么说,我们要在这个地方过夜啦。"男孩子这样想着,就从鹅背上跳了下来。

他站立在一条狭窄的沙岸上,面前是一个相当开阔的大湖。湖的样子很难看,就跟春天常见的那样,湖面上覆盖着一层皱皮般的冰,这层冰已经发黑,凹凸不平,而且处处都有裂缝和洞孔。冰层用不了多久就会消融干净,它已经同湖岸分开,周围形成一条带子形状的黑得发亮的水流。可是冰层毕竟是存在的,还向四周散发出凛冽的寒气和可怕的冬天的味道。

湖对岸好像是一片明亮的开阔地带,而雁群栖息的地方却是一片大松树林。看样子,那片针叶林有股力量能够把冬天拴在自己的身边。其他地方已经冰消雪融露出了地面,而松树枝条繁密的树冠底下仍然残存着积雪。这里的积雪融化了又冻结起来,所以坚硬得像冰一样。

男孩子觉得自己来到了冰天雪地的荒原,心情苦恼,真想号啕大哭一场。

他肚子咕噜咕噜饿得很,他已经整整一天没有吃东西了。可是到哪儿去找吃的呢?现在刚刚是三月,地上或者树上都还没有长出一些可以吃的东西来。

唉,他到哪里去寻找食物呢?有谁会给他房子住呢?有谁会为他铺床叠被呢?有谁会让他在火炉旁边取暖呢?又有谁来保护他不受野兽伤害呢?

太阳早已隐没,湖面上吹来一股寒气。夜幕自天而降,恐惧和不安也随着黄昏悄悄地来到。大森林里开始发出淅淅沥沥的响声。

男孩子在空中遨游时的那种兴高采烈的喜悦已经消失殆尽。他惶惶不安地环视那些旅伴,除了他们他是无依无靠的了。

这时候,他看到那只大雄鹅的境况比自己还要糟糕。他一直趴在原来降落的地方,样子像是马上就要断气一样,他的脖子无力地瘫在地上，双眼紧闭着，他的呼吸细如游丝。

"亲爱的大雄鹅莫顿，"男孩子说道，"试着去喝点水吧！这里离湖边只有两步路。"

可是大雄鹅一动也不动。

男孩子过去对动物都很残忍，对这只雄鹅也是如此。此时此刻他却只觉得雄鹅是他唯一的依靠，他害怕得要命，怕弄不好会失去雄鹅。他赶紧动手推他、拉他，设法把他弄到水边去。雄鹅又大又重，男孩子费了九牛二虎之力才把他推到水边。

雄鹅的脑袋钻进了湖里，他在泥浆里一动不动地躺了半响，之后就把嘴巴伸出来，抖掉眼睛上的水珠，呼哧呼哧地呼吸起来，后来他元气恢复了，又昂然在芦苇和蒲草之间游弋起来。

大雁们比大雄鹅先到了湖面上。他们降落到地面上后，既不照料雄鹅也不管鹅背上驮的那个人，而是扎着猛子蹿进水里。他们游了泳，刷洗了羽毛，现在正在吮啜那些半腐烂的水浮莲和水草。

那只白雄鹅交上好运气，一眼瞅见了水里有条小鲈鱼。他一下子把鱼啄住，游到岸边，将鱼放在男孩子面前。

"这是送给你的,谢谢你帮我下到水里。"他说道。

在这整整一天的时间里,男孩子第一次听到亲切的话。他那么高兴,真想伸出双臂紧紧地拥抱住雄鹅的脖子,但是他没敢这样冒失。他也很高兴能够吃到这个礼物来解解他的饥饿,开头他觉得一定吃不下生鱼的,可是饥饿逼得他也想尝尝鲜了。

他朝身上摸了摸,看看小刀带在身边没有。幸好小刀是随身带着的,拴在裤子的纽扣上。不用说,那把小刀也变得很小很小了,只有火柴杆那样长短。行啊,就凭着这把小刀把鱼鳞刮干净,把内脏挖出来。没多长时间,他就把那条鱼吃光了。

男孩子吃饱之后却不好意思起来,因为他居然能够生吞活剥地吃东西了。"唉,看样子我已经不再是个人,而成了一个货真价实的妖精啦。"他暗自思忖道。

在男孩子吃鱼的那段时间里,雄鹅一直静静地站在他身边。当他咽下最后一口的时候,雄鹅才放低了声音说道:"我们碰上了一群趾高气扬的大雁,他们看不起所有的家禽。"

"是呀,我已经看出来了。"男孩子说道。

"倘若我能够跟着他们一直飞到最北面的拉普兰,让他们见识见识,一只家鹅也照样可以干出一番轰轰烈烈的事业,这对我来说是十分光荣的。"

"哦……"男孩子支吾地拖长了声音。他不相信雄鹅真能够实现他的那番豪言壮语,可是又不愿意反驳他。

"不过我认为光靠我自己单枪匹马地去闯,是不能把这一趟旅行应付下来的,"雄鹅说道,"所以我想问你,你是不是肯陪我一起去,帮帮我的忙。"

男孩子除了急着回家,别的什么想法都没有,所以他一时之间不知道应该怎样回答才好。

"我还以为,你和我,一直是冤家对头呢!"他终于这样回答说。可是雄鹅似乎早已把这些全都抛到脑后去了,他只牢记着男孩子刚才救过他的性命。

"我只想赶快回到爸爸妈妈身边去。"男孩子说出了自己的心思。

"那么,到了秋天我一定把你送回去,"雄鹅说道,"不把你送到家门口,我是不会离开你的。"

男孩子思忖起来,隔一段时间再让爸爸妈妈见到他,这个主意倒也挺不错。他对这个提议也不是一点儿不动心的。

他刚要张口说他同意一起去的时候，就听到背后传来了一阵呼啦啦的巨响。原来大雁们全都从水中飞了上来，站在那儿抖掉身上的水珠，然后他们排成长队，由领头雁率领着朝他俩这边过来了。

这时候，那只白雄鹅仔细地观察这些大雁，他心里很不好受。他本来估计，他们的相貌会像家鹅，而他也可以感觉到自己同他们的亲属关系。但事实上，他们的身材要比他小得多，他们当中没有一只是白颜色的，反而几乎只只都是灰颜色的，有的身上还有褐色的杂毛。他们的眼睛简直叫他感到害怕，黄颜色，亮晶晶的，似乎眼睛后面有团火焰在燃烧。雄鹅生来就养成了习惯，走起路来要慢吞吞地、一步三摇头地踱方步。然而这些大雁不是在行走，而是半奔跑半跳跃。他看到他们的脚，心里更不是滋味，因为他们的脚都很大，而且脚掌都磨得碎裂不堪，伤痕累累。可以看得出来，大雁们从来不在乎脚下踩到什么东西，他们也不愿意遇到了麻烦就绕道走。他们相貌堂堂，羽翎楚楚，不过脚上那副寒酸相却令人一眼就能看出他们是来自荒山僻野的穷苦人。

雄鹅对男孩子咬耳朵说："你要大大方方地回答问话，

可是不必说出你是谁。"刚刚来得及说了这么一句话,大雁们就已经来到了面前。

大雁们在他们面前站定身躯,伸长脖子,频频点头行礼。雄鹅也行礼如仪,只不过点头的次数更多几次。等到互致敬意结束之后,领头雁说道:"现在我们想请问一下,您是何等人物?"

"关于我,没有什么可说的,"雄鹅说道,"我是去年春天出生在斯堪诺尔的。去年秋天,我被卖到西威曼豪格村的豪尔格尔·尼尔森家里。于是我就一直住在那里。"

"这么说来,你的出身并不高贵,本族里没有哪一个值得炫耀的,"领头雁说道,"你究竟哪儿来的这股子勇气,居然敢加入到大雁的行列里来?"

"或许恰恰因为如此,我才想让你们大雁瞧瞧我们家鹅也不是一点儿出息也没有的。"

"行啊,但愿如此,假如你真能够让我们长长见识的话,"领头雁说道,"我们已经看见了你飞行得还算可以,不过除此之外,你也许更擅长于别的运动技能。说不定你擅长长距离游泳吧!"

"不行,我并不高明,"雄鹅说道,他隐隐约约看出来领头雁拿定主意要撵他回家，所以他根本不在乎怎样回答，"我除了横渡过一个泥灰石坑，还没有游过更长的距离。"他继续说道。

"那么，我估摸着你准是个长跑冠军喽！"领头雁又说道。

"我从来没有见到过哪个家鹅能奔善跑，我自己也不会奔跑。"雄鹅回答说。

大白鹅现在可以断定，领头雁必定会说，她无论如何不能够收留他。但他非常惊奇地听到领头雁居然答应说："唔，你回答得很有勇气。而有勇气的人是能成为一个很好的旅伴的，即使他在开头不熟练也没有关系。你跟我们再待一两天，让我们看看你的本事，你觉得好不好？"

"我很满意这样的安排。"雄鹅兴高采烈地回答。

随后，领头雁噘噘她的扁嘴问道："你带着一块儿来的这位是谁？像他这样的家伙我还从来没有见过呢！"

"他是我的旅伴，"雄鹅回答说，"他生来就是看鹅的，带他一起在旅途上是会有用处的。"

"好吧，对一只家鹅来说大概有用处，"领头雁不以为然地说道，"你怎么称呼他？"

"他有好几个名字。"雄鹅吞吞吐吐地说道,一时之间竟想不出怎样掩饰过去才好,因为他不愿意泄露这个男孩子有个人的名字。"噢,他叫大拇指。"他终于急中生智这样回答说。

"他同小精灵是一个家族的吗?"领头雁问道。

"你们大雁每天大概什么时候睡觉?"雄鹅突如其来地发问,企图避而不答最后一个问题,"到了这么晚的时候,我的眼皮自己就会合在一起啦。"

不难看出,那只同雄鹅讲话的大雁已经上了年纪。她周身的羽毛都是灰白色的,没有一根深颜色的杂毛。她的脑袋比别的大雁更大一些,双腿比他们更粗壮,脚掌比他们磨损得更狼狈。羽毛看起来硬邦邦的,双肩瘦削,脖子细长,所有这些都显示出了年岁不饶人,唯独一双眼睛没有受到岁月的煎熬,仍旧炯炯有神,似乎比别的大雁的眼睛更年轻。

这时候她转过身来神气活现地对雄鹅说道:"雄鹅,告诉你,我是从大雪山来的阿卡,靠在我右边飞的是从瓦西亚尔来的亚克西,靠在我左边飞的是诺尔亚来的卡克西。记住,右边的第二只是从萨尔耶克恰古来的科尔美,在左边的第二只是斯瓦巴瓦拉来的奈利亚。在他们后边飞的是乌维克山来的维茜和从斯恩格利来的库西!记住,这几只雁同飞在队尾的那六只雁——三只右边的,三只左边的,他们都是出身于最名贵的家族里的高山大雁!你不要把我们当作可以和随便什么人结伴混在一起的流浪者。你不要以为我们会让哪个不愿意说出自己来历的家伙和我们睡在一起。"

当领头雁阿卡用这种神态说话的时候,男孩子突然朝前站了一步。雄鹅在谈到自己的时候那么爽快利落,而在谈到他的时候却那么吞吞吐吐,这使得他心里很不好受。

"我不想隐瞒我是谁,"他说道,"我的名字叫尼尔斯·豪格尔森,是个佃农的儿子,直到今天为止我一直是一个人,可是今天上午……"

男孩子没有来得及说下去。他刚刚一说到他是一个人的时候,领头雁猛然后退三步,别的大雁往后退得更远一些,他们一个个伸长了脖子,暴怒地朝他鸣叫起来。

"自从我在湖边第一眼看到你,我就起了疑心,"阿卡叫嚷道,"现在你马上就从这里滚开!我们不能容忍有个人混到我们当中!"

"那是犯不着的呀,"雄鹅从中调解道,"你们大雁用不着对这么个小人儿感到害怕,到了明天他当然应该回家去，可是今天晚上你们务必要留他跟我们一起过夜。要是让这么一个可怜的人儿在黑夜里单独去对付鼬鼠和狐狸，我们当中有哪一个能够交代得过去？"

领头雁于是走近了一些，但是看样子她还是很难压制住自己心里的恐惧。"我可领教过人的滋味，不管他是大人还是小人儿都叫我害怕，"她说道，"雄鹅，不过要是你能担保他不会伤害我们的话，他今天晚上可以同我们在一起。可是我觉得我们的宿营地恐怕不论对你还是对他都不大舒服，因为我们打算到那边的浮冰上去睡觉。"

她以为雄鹅听到这句话就会犯起踌躇来，却不料他不动声色道："你们挺聪明，懂得怎样挑选一个安全的宿营地。"

"可是你要保证他明天一定回家去。"

"那么说，我也不得不离开你们啦，"雄鹅说，"我答应过绝不抛弃他。"

"你乐意往哪儿飞，就听凭自便吧！"领头雁冷冷地说道。

她拍翼振翅向浮冰飞过去，其他大雁也一只接一只跟着飞了过去。

男孩子心里很难过,他到拉普兰去的这趟旅行终于没有指望了,再说他对露宿在这么寒冷刺骨的黑夜里感到胆战心惊。"大雄鹅,事情越来越糟糕了,"他惶惶不安地说道,"首先,我们露宿在冰上会冻死的。"

雄鹅却勇气十足。"没什么要紧,"他安慰说,"现在我只要你赶快动手收集干草,你尽全力能抱多少就抱多少。"

男孩子抱了一大抱干草,雄鹅用喙叼住他的衬衫衣领,把他拎了起来,飞到了浮冰上。这时大雁都已经双脚伫立,把喙缩在翅膀底下,呼呼地睡着了。

"把干草铺在冰上,这样我可以有个站脚的地方,免得把脚冻在冰上。你帮我忙,我也帮你忙!"雄鹅说道。

男孩子照着吩咐做了。在他把干草铺好之后,雄鹅再一次叼起他的衬衫衣领,把他塞到翅膀底下。"我想你会在这儿暖暖和和地睡个好觉的。"他说着把翅膀夹紧。

男孩子被严严实实地裹在羽毛里,无法答话。他躺在那里既暖和又舒适,而且他真的非常疲乏了,一眨眼工夫就睡着了。

黑　夜

浮冰是变幻无常、高深莫测的，因此它是靠不住的，这是一条千真万确的真理。到了半夜里，维姆布湖面上那块和陆地毫不相连的大浮冰渐渐移动过来，有个地方竟同湖岸连接在一起了。这时候，有一只夜里出来觅食的狐狸看见了这个地方。那只狐狸名叫斯密尔，住在大湖对岸的厄维德修道院的公园里。斯密尔本来在傍晚的时候就已经见到了这些大雁，不过他当时没敢指望可以抓到一只。这时候他便一下子蹿到浮冰上。

正当斯密尔快到大雁身边的时候，他脚底下一滑，爪子在冰上刮出了声响。大雁们顿时惊醒过来，拍动翅膀冲天而起。可是斯密尔实在来得让大雁们猝不及防，他像被抛射出去一样笔直往前纵过去，一口咬住一只大雁的翅膀，叼起来就往陆地上跑过去。

然而这一天晚上，露宿在浮冰上的并不只是一群大雁，他们当中还有一个人，不管他怎么小，他毕竟是个人。男孩子在雄鹅张开翅膀的时候就惊醒了过来，他摔倒在冰上，睡眼惺忪地坐在那儿，起初弄不明白怎么会这样乱成一团。后来他一眼瞅见有只四条腿短短的"小狗"嘴里叼着一只大雁从冰上跑掉时,他才明白发生这场骚乱的原因。

男孩子马上追赶过去,想要从"狗"嘴里夺回那只大雁。他听到雄鹅在他身后高声叫道:"当心啊,大拇指!当心啊,大拇指!"可是,男孩子觉得对这么小的一条"狗"哪用得着害怕,所以一往无前地冲过去。

那只被狐狸斯密尔叼在嘴里的大雁听到了男孩子的木鞋踩在冰上发出的呱嗒呱嗒的响声。她几乎不敢相信自己的耳朵。"说不定这个小人儿是想把我从狐狸嘴里夺过去。"她怀疑起来。尽管她的处境那么糟糕,她还是直着嗓门呱呱地呼叫起来,声音听起来就像哈哈大笑一样。

"可惜他只要一奔跑,就会掉到冰窟窿里去的。"她惋惜地想道。

尽管夜是那么黑,男孩子却仍然能够清清楚楚地看到冰面上的所有裂缝和窟窿,并且放大胆子跳过去。原来他现在有了一双小精灵的夜视眼,能够在黑暗里看清东西。他看到湖面和岸边,就像在大白天一样清楚。

狐狸斯密尔从浮冰同陆地相连的地方登上了岸,正当他费劲地顺着湖堤的斜坡往上奔跑的时候,男孩子朝他喊叫起来:"把大雁放下,你这个坏蛋!"

斯密尔不知道喊叫的那个人是谁，也顾不得回头向后看，只是拼命向前奔跑。狐狸跑进了一个树干高大而挺拔的山毛榉树林里，男孩子在后面紧追不舍，根本想都不想会碰到什么危险。他一心只是想着昨天晚上大雁们是怎么奚落他的，他要向他们显示一下：一个人不管他身体怎么小，毕竟比别的生物更通灵性。

他一遍又一遍地朝那条"狗"喊叫，要他把叼走的东西放下来。"你到底是一条什么样的狗，居然不要脸地偷了一整只大雁！"他叫喊道，"马上把她放下，否则你等着瞧要挨一顿怎样的痛打！马上把她放下，否则我要向你的主人告状，叫他轻饶不了你！"

当狐狸斯密尔听到他被人误认为是一条怕挨打的狗时，他觉得十分可笑，几乎连嘴里叼着的那只雁也差点儿掉出来。斯密尔是个无恶不作的大强盗，他不满足于在田地里捕捉田鼠和耗子，还敢于蹿到农庄里去叼鸡和鹅。他知道这一带人家见到他都害怕得要命，所以像这样荒唐的话他从小到现在还真没有听到过。

可是男孩子跑得那么快，他觉得那些粗壮的山毛榉树似乎在他身边哗啦啦地往后闪开。他终于追上了斯密尔，用手一把抓住了他的尾巴。"现在我要把大雁从你嘴里抢下来!"他大喊道,并且用尽力气攥住狐狸的尾巴,但是他没有那么大的力气,拖拽不住斯密尔。狐狸拖着他往前跑,山毛榉树的枯叶纷纷扬扬地飘落在他的身边。

这时候斯密尔好像明白过来,原来追上来的人没什么危险。他停下身来,把大雁撂到地上,用前爪按住她,免得她得空逃走。狐狸低下头去寻找大雁的咽喉,想要一口咬断它,可是转念一想,还不如先逗逗那个小人儿。"你快滚开,跑回去向主人哭哭啼啼吧!我现在可要咬死这只大雁啦!"他冷笑着说道。

男孩子看清楚他追赶的那条"狗"长着很尖很尖的鼻子,吼声嘶哑而野蛮,便猛然心头一惊。可是狐狸那么贬低他、捉弄他,他气得要命,连害怕都顾不上了。他攥紧了狐狸尾巴,用脚蹬住一棵山毛榉树的树根。正当狐狸张开大嘴朝大雁咽喉咬下去的时候,他使出浑身力气猛地一拽,斯密尔不曾提防,被他拖得往后倒退了两三步。

这样,大雁就抽空脱身了,她吃力地拍动翅膀腾空而起。她的一只翅膀已经受伤,几乎不能再用,加上在这漆黑的森林里她什么也看不见,就像一个瞎子那样无能为力,所以她帮不上男孩子什么忙，只好从纵横交错的枝丫织成的顶篷上的空隙中钻出去，飞回到湖面上。

可是斯密尔却恶狠狠地朝男孩子直扑过去。"我吃不到那一个，就要抓到这一个。"他吼叫道，从声音里听得出来他是多么恼怒。

"哼，你休想得逞。"男孩子说道。他救出了大雁心里非常高兴。他一直死死地攥住狐狸尾巴，当狐狸转过头来想抓住他的时候，他就抓着尾巴闪到另外一边。

这简直像是在森林里跳舞一样，山毛榉树叶纷纷飘旋而下，斯密尔转了一个圈子又转一个圈子，可是他的尾巴也跟着打转，男孩子紧紧地抓住尾巴躲闪，狐狸无法抓住他。

男孩子起初为自己这么顺利地对付他而感到开心，他哈哈大笑而且逗弄着狐狸。可是斯密尔像所有善于追捕的老猎手一般非常有耐力，时间一长，男孩子禁不住害怕起来，担心这样下去迟早要被狐狸抓住。

就在这时候，他一眼瞅见了一株小山毛榉树，它细得像根长竿，笔直穿过树林里纠缠在一起的枝条伸向天空。他忽然放手松开了狐狸尾巴，一纵身爬到那棵树上。而斯密尔急于要抓住他，仍旧跟着自己的尾巴继续兜了很长时间的圈子。

"快别再兜圈子了。"男孩子说道。

斯密尔觉得要是自己连这么一个小人儿都制服不了，简直太出丑了，于是就趴在这株树下等着机会。

男孩子跨坐在一根软软的树枝上，身子很不舒服。那株小山毛榉树还没长到顶，够不到那些大树的树冠枝条，所以他无法爬到另外一棵树上去，而爬下去他又不敢。

他冷得要命，险些被冻僵了，连树枝也抓不紧，而且还困得要命，却不敢睡觉，生怕睡着了会摔下去。

啊，真想不到半夜坐在森林里竟凄凉得令人恐惧，他过去从来不曾知道黑夜这个字眼的真正含义。这就仿佛是整个世界都已经僵死得变成了化石，而且再也不会恢复生命。

天色终于徐徐发亮，尽管拂晓的寒冷比夜间更叫人受不了，但是男孩子心里很高兴，因为一切又恢复了原貌。

太阳冉冉地升起来了，它不是黄澄澄的，而是红彤彤的。男孩子觉得，太阳似乎面带怒容，他弄不明白它为什么要气得满脸通红，大概是因为黑夜趁太阳不在的时候把大地弄得一片寒冷和凄凉的缘故吧！

太阳射出了万丈光芒，想要察看黑夜究竟在大地上干下了哪些坏事。四周远近的一切东西的脸都红了起来,好像他们也因为跟随黑夜干了错事而感到羞惭。天空的云彩和像缎子一般光滑的山毛榉树,纵横交错在一起的树梢,地上的山毛榉叶子上面盖着的白霜,全部在火焰般的阳光的照耀下染成了红色。

太阳的光芒继续扩张,直至射向整个天空,不久之后黑夜的恐怖就完全被赶走了。万物僵死得像化石的景象已经不复存在,大地又恢复了蓬勃的生机,飞禽走兽又开始忙碌起来。一只红颈的黑色啄木鸟在啄打树干;一只松鼠抱着一个坚果钻出窝来,蹲在树枝上剥咬果壳;一只欧椋鸟衔着草根朝这边飞过来;一只燕雀在枝头婉转啼叫。

于是,男孩子听懂了,太阳是在对所有这些小生灵说:"醒过来吧!从你们的窝里出来吧!现在我在这里,你们就不消再提心吊胆啦!"

湖上传来了大雁的鸣叫声,他们排齐队伍准备继续飞行。过了一会儿,十四只大雁呼啦啦地飞过了树林的上空。男孩子扯开喉咙向他们呼喊,但是他们飞得那么高,根本就听不到他那微弱的喊声。他们大概以为他早给狐狸当了点心,他们甚至连一次都没有来寻找过他。

男孩子伤心得快哭出来了,但是此刻太阳稳稳地立在空中,金光灿烂地露出了大笑脸,使整个世界增加了勇气:"尼尔斯·豪格尔森,只要我在这儿,你就犯不着为哪件事情担心害怕。"

大雁的捉弄

大约在一只大雁吃顿早饭那样长的一段时间里,树林里没有什么动静,但是清晨过后,上午刚刚开始的时候,有一只孤零零的大雁飞进了树林浓密的树枝下。她在树干和树枝之间心慌意乱地寻找出路,飞得很慢很慢。斯密尔一见到她,就离开那株小山毛榉树,蹑手蹑脚地去追踪她。大雁没有避开狐狸,而是紧挨在他身边飞着。斯密尔向上蹿起身来扑向她,可惜扑了个空,大雁朝湖边飞过去了。

没过多久,又飞来了一只大雁,她飞的样子同前面飞走的那一只一模一样,不过飞得更慢、更低。她甚至还擦着斯密尔身子飞过,他朝她扑过去的时候,向上蹿得更高,耳朵都碰着她的脚掌了。可是她却安然无恙地脱身闪开,像一个影子一样无声无息地朝湖边飞走了。

过了一会儿,又飞来了一只大雁,她飞得更低、更慢,好像在山毛榉树干之间迷了路,斯密尔奋力向上一跃,几乎只差一根头发丝的距离就抓住她了,可惜还是让大雁脱险了。

那只大雁刚刚飞走,第四只又接踵而至。她飞得有气无力、歪歪斜斜,斯密尔觉得要抓住她是手到擒来的容易事。但他唯恐失败,所以打算不去碰她,放她过去算了,就没有扑过去。这只大雁飞的路线同其他几只一样,径直飞到了斯密尔的头顶上,她身子坠得非常低,逗引得斯密尔忍不住还是朝她扑了过去。斯密尔跳得如此之高,爪子已经碰到了她,她忽然将身子一闪,就这样保住了自己的性命。

还没等斯密尔喘过气来,只见三只大雁排成一行飞过来。他们飞的方式和先前的那几只完全一样。斯密尔跳得很高,想要抓他们,可是一只只都飞过去了,他一只也没有抓到。

随后又飞来了五只大雁,他们比前面几只飞得更稳当一些,虽然他们似乎也很想逗引斯密尔跳起来,但是他到底没有上当,拒绝了这次诱惑。

又过了好大一会儿工夫,有一只孤零零的大雁飞过来了。这是第十三只。那是一只很老的雁,她浑身都是灰白色羽毛，连一点儿深色杂毛都没有。她似乎有一只翅膀不大好使，飞得歪歪扭扭、摇摇晃晃，以至于几乎碰到了地面。斯密尔蹿上去扑她，而且还连跑带跳地追赶她，一直追到湖边，然而这一次也是白费力气。

第十四只大雁来了，她的样子非常好看，因为她浑身雪白。当她挥动巨大的翅膀时，黑黝黝的森林仿佛出现了一片光亮。斯密尔一看见她，就使出全身的力气，腾空跳到树干的一半高，但是这只白色的大雁也像前面几只一样安然无恙地飞走了。

山毛榉树下终于安静了一会儿，好像整个雁群已经都飞过去了。

突然之间，斯密尔想起了他在守候的猎物，便抬起头来一瞧，果然不出所料，那个小人儿早已无影无踪了。

不过斯密尔没有多少时间顾得上去想他，因为第一只大雁这时候又从湖上飞回来了，就像方才那样在树冠下面慢吞吞地飞着。尽管一次又一次地不走运，斯密尔还是很高兴她又飞回来了。他从背后追赶上去朝她猛扑。可是他太性急了，没有来得及算准步子，结果跳偏了，从她身边擦过，扑了个空。

在这只大雁后面又飞来一只,接着是第三只、第四只、第五只,轮了一圈,最后飞来的还是那只灰白色的上了年纪的大雁和那只白色的大家伙。他们都飞得很慢,很低。他们在狐狸斯密尔头顶上盘旋而过时就下降得更低,好像存心要让他抓到似的。斯密尔于是紧紧地追逐他们,一跳两三米高,结果还是一只都没有捉到。

这是斯密尔有生以来心情最为懊丧的日子。这些大雁接连不断地从他头顶上飞过来又飞过去,飞过去又飞过来。那些在德国的田野和沼泽地里养得肥肥胖胖、圆圆滚滚、又大又漂亮的雁,整天在树林里穿梭来回,都离他那么近,他曾好几次碰着了他们,可惜抓不到一只来解解腹中的饥饿。

冬天还没有完全过去,斯密尔还记得那些日日夜夜,他那时闲得发慌而四处游荡,却找不到一只猎物来果腹。候鸟早已远走高飞,老鼠已经在结了冰的地下躲藏起来,鸡也都被关在鸡笼里不再出来。但是,他在整个冬天忍饥挨饿的滋味都比不上今天这么一次次的失望叫他更不能忍受。

斯密尔已经是一只并不年轻的狐狸了,他曾经遭受过许多次猎狗的追逐,听到过子弹嘶嘶地从耳旁飞过的呼啸声。他曾经无路可走,只好深藏在自己的洞穴里,而猎狗已经钻进了洞口的孔道,险些抓到他。不过,尽管斯密尔亲身经历过你死我活的追逐场面,他的情绪从来没有像现在这样沮丧过,因为他居然连一只大雁都抓不到。

早上,在这场追逐开始的时候,狐狸斯密尔是那么魁梧健壮,大雁们看到他都分外惊讶。斯密尔很注重外表。他的毛皮色泽鲜红,亮光闪闪,胸口一大块是雪白的,鼻子是黑黑的,那条蓬蓬松松的尾巴如同羽毛一样丰满。可是到了这天傍晚,斯密尔的毛却一绺一绺零乱地耷拉着,浑身汗水流得湿漉漉的,双眼失去了光芒,舌头长长地拖在嘴巴外面,嘴里呼哧呼哧地冒着白沫。

斯密尔到了下午已经疲惫不堪,他头晕眼花趴倒在地上,他的眼前无休无止地晃动着飞来飞去的大雁。连阳光照在地上的斑斓阴影他都要扑上去。还有一只过早从蛹里钻出来的可怜的飞蛾也遭到了他的追捕。

大雁们却继续不知疲倦地飞呀,飞呀。他们整整一天毫不间断地折磨斯密尔。他们眼看着斯密尔心烦意乱、焦躁不安和大发癫狂,却丝毫不顾怜他。尽管他们明明知道他已经眼花缭乱得看不清他们,只是跟在他们的影子后面追赶,然而他们还是毫不留情地继续戏弄他。

直到后来斯密尔几乎浑身散了架,好像马上就要断气一样地瘫倒在一大堆干树叶上的时候,他们才停止戏弄他。

"狐狸,现在你该明白了,谁要是敢惹大雪山来的阿卡,他会落得怎么个下场!"他们在他耳边呼喊了一会儿,这才饶了他。

要去拉普兰

男孩子被妖术改变形象已经有一个星期了,而他的模样一直是那么小。

不过,他似乎已经并不因为这个缘故而烦恼不堪了。星期日下午,他蜷曲着身体,坐在湖边一大片茂密的杞柳丛里,吹奏起用芦苇做成的口笛。他身边的灌木丛中的每个空隙里都挤满了山雀、燕雀和椋鸟,他们唧唧啾啾不停地歌唱。他试图按着曲调学习吹奏,可是男孩子的吹奏技术还没有入门,常常吹得走调,那些精于此道的小先生们听得身上的羽毛直竖起来,失望地叹息和拍打翅膀。男孩子对于他们的焦急感到很好笑,忍不住咯咯地笑了起来,连手中的口笛都掉到了地上。

他又重新开始吹奏,但是仍旧吹得那么难听,所有的小鸟都气呼呼地埋怨说:"大拇指,你今天吹得比往常更糟糕。你老是走调,你脑袋里究竟在想些什么呀,大拇指?"

"我一心不能二用嘛。"男孩子无精打采地回答说。他的确心事重重。他坐在那里,心里老在嘀咕自己究竟还能同大雁们在一起待多久,说不定当天下午就会被打发回家。

突然,男孩子将口笛一扔,从灌木丛纵身跳下来,钻了出去。他已经一眼瞅见阿卡率领着所有的大雁排成一列长队朝他这边走来,他们的步伐异乎寻常地缓慢而庄重。男孩子马上就明白了,他将会知道他们究竟打算将他怎么办。

他们停下来以后,阿卡开口说道:"你有一切道理对我产生疑心,大拇指,因为你从狐狸斯密尔的魔爪中将我搭救出来,而我却没有对你说过一句感激的话。可是,我是那种宁愿用行动而不用言语来表示感谢的人。大拇指,现在我相信我已经为你做了一件大好事来报答你。我曾经派人去找过对你施展妖术的那个小精灵。起先,他连听都不要听那些想要让他把你重新变成人的话。我一而再、再而三地派人去告诉他,你在我们之间的表现是何等出色。他终于让我们祝贺你,只要你一回到家里,就会重新变回跟原来一样的人。"

事情真是出乎意料,大雁刚开始讲话的时候,男孩子还是高高兴兴的,而当她讲完话的时候,他竟然变得那么伤心!他一言不发,扭过头去呜呜咽咽地哭了起来。

"这究竟是怎么啦?"阿卡问道,"你似乎指望我比现在做更多的事情来报答你,是不是?"

然而,男孩子心里想的是,那么多无忧无虑的愉快日子,那么逗笑的戏谑,那么惊心动魄的冒险和毫无约束的自由,还有在远离地面的那么高的空中飞翔,这一切都将丧失殆尽。他禁不住伤心地号啕起来。

"我一点儿都不在乎能不能重新变成人,"他大呼小叫地哭道,"我只要跟你们到拉普兰去。"

"听我一句话,"阿卡劝慰道,"那个小精灵脾气很大,容易发火,如果你这次不接受他的好意,那么下一回你再想去求他那就犯难啦。"

这个男孩子真是古怪得不可思议。他从一生出来就没有喜欢过任何人。他不喜欢自己的爸爸和妈妈,也不喜欢学校里的老师和同学,更不喜欢邻居家的孩子。无论是在玩耍的时候,还是干正经事情的时候,凡是他们想要叫他做的事,他都讨厌烦恼。所以,他如今既不挂念哪个人,也不留恋哪个人。

只有两个同他一样在地头放鹅的孩子，看鹅姑娘奥萨和小马茨，还勉强同他合得来，不过，他也没有真心实意地对待他们，一点儿也不真心喜欢他们。

"我不要变成人嘛，"男孩子呼喊着，"我要跟你们一起到拉普兰去。就是这个缘故，我才规规矩矩了整整一星期。"

"我也不是一口拒绝你跟着我们旅行，倘若你当真愿意的话，"阿卡回答说，"可是你要先想明白，你是不是更愿意回家去。说不定有一天你会后悔莫及的。"

"不会的，"男孩子一口咬定说，"没有什么可后悔的。我从来没有像跟你们在一起这么快活。"

"好吧，既然如此，那就随你的便吧。"阿卡说道。

"谢谢！"男孩子兴奋地回答，他高兴得流下了眼泪，方才哭泣是因为伤心，而这一回哭泣却是因为快乐。

白鹤之舞

有一天大清早,露宿在湖面的浮冰上的大雁们被来自半空中的大声喧哗所惊醒,"呱呱,呱呱,呱呱",叫声在空中回荡。"大鹤特里亚努特要我们向大雁阿卡致敬。明天在库拉山举行鹤之舞表演大会,欢迎诸位光临!"

大雁们听到这个消息非常高兴。"你真是好运气,"他们对白雄鹅说道,"竟然可以亲眼看到鹤之舞表演大会了。"

"看鹤跳跳舞有那么不得了吗?"白雄鹅不解地问道。

"哦,这是你做梦也难想得出来的呀。"大雁们回答说。

库拉山并不高,峰峦低矮而地形狭长,它朝大海之中突兀地伸展得很远很远。自古以来,各种动物每年都要在这里举行一次游艺大会。他们都分别按族类聚在一起。任何一只动物都用不着担心会遭到袭击。在这一天里,一只幼山兔可以大模大样地走到狐狸聚集的山丘而照样平安无事,不会被咬掉一只耳朵。

男孩子举目四顾，目光从这个山丘转向那个山丘。他看到，在一个山丘上全是马鹿头上七枝八叉的角，而在另一个山丘上则挤满了苍鹭的脖子。狐狸围聚的那个山丘是火红色的，海鸟麇集的山丘是黑白两色相间的。

游艺大会开始了。红嘴松鸡鼓起了羽毛，垂下了翅膀，还翘起了尾巴，这样贴身的雪白羽绒也让大家看得清楚了。随后他便闭起双目，悄声细气地叫道："嘻嘻！嘻嘻！嘻嘻！多么好听啊！嘻嘻！嘻嘻！"几百只松鸡放开喉咙啼鸣不止，血液开始猛烈冲动和滚热发烫起来。"冬天的严寒总算熬过去啦！"各种动物都在心里呼喊着，"春天的野火正在燃遍整个大地。"

黑琴鸟也不甘示弱，他们出来齐声歌唱。正当黑琴鸟和红嘴松鸡的较量如火如荼地进行的时候，一件非常不得了的意外事情发生了。有一只狐狸趁所有动物都在聚精会神地欣赏黑琴鸟和松鸡歌唱的时候，偷偷地溜到大雁们聚集的山丘。他小心翼翼、蹑手蹑脚地靠拢过去，被发现时他已经走上了那座山丘。有一只大雁突然瞅见了他，便叫喊起来："当心啊，大雁们！当心啊，大雁们！"狐狸朝她直扑过去，一口咬住了她的咽喉，多半是因为她不肯住嘴的缘故。

大雁们听到了她的警报便一齐扑扑飞上天空。大雁们都飞走了之后，只有狐狸斯密尔嘴里叼着一只死雁站在大雁们的那个山丘上。

狐狸斯密尔由于破坏了游艺大会的和平而遭到了严厉的惩罚，他不得不后悔终生，当时他没能够抑制住报复的心情，竟然想出用偷偷摸摸的方式去袭击阿卡和她的雁群。他马上就被一大群狐狸团团包围起来，并且按照自古以来的老规矩受到了判决。无论是谁，只要他破坏了这个盛大游艺大会的和平就要被放逐出群。没有任何一只狐狸要求缓减那个判决，因为他们都很清楚，倘若他们敢提出这样的要求，他们就会被赶出游戏场地。斯密尔被判禁止留在斯康耐，他只有到别的陌生地方去碰碰运气。为了让斯康耐境内所有的狐狸都知道斯密尔已经遭到放逐和被剥夺一切权利，狐狸之中年纪最长的那只扑向斯密尔，一口把他右耳朵尖啃了下来。这一手续刚刚办完，那些年轻的嗜血成性的狐狸便嚎叫着扑到斯密尔身上撕咬起来。斯密尔没有其他办法，只好夺路逃命。他在所有年轻狐狸的穷追猛赶之下，气急败坏地逃离了库拉山。

这一切都是在黑琴鸟和红嘴松鸡进行精彩表演的过程中

发生的，但是这些鸟都已经深深陶醉在自己的歌唱之中，他们听而不闻，视而不见，因此并没有受到什么打扰。

松鸡的表演刚一结束，马鹿便开始登场献技，表演他们的角斗，有好几对马鹿同时进行角斗。他们彼此死命地用头顶撞，鹿角噼噼啪啪地敲打在一起，他们都力图迫使对方往后倒退。他们从喉咙里挤出了吓人的咆哮，泛着泡沫的唾液从嘴角一直流到了前胛上。

这些能征善战的马鹿厮打在一起的时候，四周山丘上的观众都凝神屏息，寂静无声。所有的动物都激发出新的热情，所有的动物都感到自己是勇敢而强壮的，浑身重新充满了使不完的劲头，仿佛大地回春使得他们又获得了新生。他们意气风发，敢于投身到任何冒险的行动中去。虽说他们并没有彼此恨得咬牙切齿，非要拼个你死我活不可，但是却一个个伸出翅膀，竖起颈翎，摩拳擦掌，大有一决雌雄之势。倘若马鹿再继续搏斗一会儿的话，那么各个山丘上难免不发生一场场混战乱斗，因为他们一个个都感受到烈焰般的渴望，都急于要展露一下自己的身手，来表明他们都是生气勃勃的。冬天肆虐的日子已经熬出头了，他们如今浑身充满了力量。

正在这个时候,马鹿却恰到好处地结束了角斗表演。于是一阵阵悄声细语立即从一个山丘传到另一个山丘:"现在大鹤来表演啦!"

那些身披灰色羽毛的大鸟真是美得出奇,不但翅膀上长着漂亮的翎羽,脖子上也围了一圈朱红色的羽饰。这些长腿细颈、头小身大的大鸟从山丘上神秘地飞掠下来,使大家看得眼花缭乱。他们在朝前飞掠的时候,旋转着身躯,半似翱翔,半似舞蹈,仿佛是荒凉的沼泽地上翻滚奔腾着的阵阵雾霭云翳。他们的舞蹈里有一种魔力,以前从未到过库拉山的动物这下才恍然大悟,怪不得整场游艺大会是用"鹤之舞表演大会"来命名的。他们的舞蹈蕴含着粗犷的活力,然而激起的感情却是一种美好而愉悦的憧憬。在这一时刻,没有谁会想要格斗拼命。相反,不管是长着翅膀的,还是没有长翅膀的,所有的动物都想从地面腾飞。他们都想舍弃那显得越来越笨重的肉体,使自己从躯壳中解脱出来,投奔到那虚无缥缈的天国。

对于不可能到手的东西抱有想入非非的追求以及想要探索生活中隐藏的奥秘,对动物来说每年只有独一无二的一次,那就是在他们观看鹤之舞盛大表演的那一天。

在下雨天里

正当大雁们离开维姆布湖开始朝北飞行的那一天,下起了大雨。大雁们为春雨感到高兴,因为春雨把冰封的湖面凿出一个个洞,可是男孩子浑身湿透,冻得瑟瑟发抖。

男孩子勇敢地咬紧牙关硬撑着。大雁们终于降落在一块大沼泽地上,男孩子情绪饱满地跑来跑去,寻找蔓越橘和冻僵了的野红莓。但是夜幕降临了,荒野变得异乎寻常地可怕。男孩子感到他必须走,到有灯又暖和的地方去,这样他才不至于被活活吓死。大雁们刚才朝这块沼泽地降落之前,他曾经隐隐约约地瞅见旁边有一个大村庄,他朝着那个方向走去,前面传来居住在这些温暖小屋里的人们的说话声和笑声。

一股奇怪的恐惧情绪从男孩子心里泛起,他几乎快要哭出来了。他突然害怕自己永远被排斥在人类之外,再也不能够重新变成一个人。

他爬上一座房屋的台阶，就在如注的大雨中坐定下来开始思索。

正在这个时候，他看到一只大猫头鹰飞落在附近的一棵树上。一只栖息在屋檐下的小猫头鹰打招呼说道："叽咕咕，叽咕咕！沼泽地来的大猫头鹰，你在外省生活得好吗？"

"多谢问候，小猫头鹰！我出门在外的这段时间里，家里发生过什么有意思的事情吗？"

"在斯康耐省有一个小男孩变成了一个小精灵。他现在跟着家鹅往拉普兰省飞去了。"

"真是稀奇！那么请问，小猫头鹰，这个男孩子就再也不能重新变成人了吗？"

"这可是一个秘密，不过说给你听听也不碍事。那位小精灵关照说，倘若这个男孩子能够照顾好那只雄鹅，让他平安无事地回到家的话，那么……让我们一起飞到教堂钟楼上去吧，在这大街上说话不方便，我怕给别人偷听了去。"

于是那两只猫头鹰就一齐飞走了。男孩子兴奋地把小帽子抛向空中。"好啊！我可以重新变成人啦！我当然会照顾好雄鹅的。"他高兴地迈开双腿，大步流星地朝着沼泽地和他的伙伴们走去。

无论大雁们还是狐狸斯密尔都不会相信他们在斯康耐分道扬镳之后，居然还会重新碰头。斯密尔对在斯康耐的遭遇十分不满，心头积郁着怒火离开了那里。

阿卡派出约克和卡克西去侦察，他们回来报告说水面上全是冰，地面上积满雪，所以阿卡决定往春天来得较早的海岸飞去。

斯密尔在荒凉的森林地带行走，猛一回头看见空中掠过两行雁群，其中一只居然浑身毛色雪白。他立即紧随不舍地追踪大雁们，不仅是因为他们逼得他走投无路，他要报仇，更是因为他"饿"火中烧想要大吃一顿。阿卡他们栖息在一座峭壁底下的堤岸上，他们的面前是湍湍奔腾的河流，身后是插翅难飞的峭壁。斯密尔根本没有本领攀登过去。尽管地势险要，可是男孩子仍然不敢睡着，他担心睡在雄鹅翅膀底下，万一雄鹅有危险，他可能不会发觉。

突然，男孩子在月光中看到一根低垂的树枝上有一只眼睛在闪耀，那是一只紫貂，男孩子拿起一块石头向他砸去，紫貂扑通一声摔进了河里。大雁们被惊醒了，拍翼振翅，匆忙飞到空中逃走了。

不久阿卡又找到了一块新的栖息地,那是白色瀑布中间突出的几块大岩石,狐狸和紫貂都不可能来侵犯的地方。大雁们很快就入睡了,但是男孩子仍旧坐着给雄鹅放哨。

男孩子在奔腾的河水声中突然听到一种古怪的声音,他转过头,看到一只水獭的头和爪子,这只水獭快要爬到大雁身边了。他赶忙抽出小刀朝水獭的爪子上戳过去。水獭站立不稳立即滚进漩涡之中,大雁们不得不又飞开去寻找新的栖息地。

在朦胧月光的照耀下,阿卡率雁群降落在一栋避暑旅馆的阳台上,那里冬天空空荡荡,阒无一人。

但是不久,从花园里传来了一阵鬼哭狼嚎般的咆哮。男孩子只见阳台下面洒满月光的院子里站立着一只狐狸。原来斯密尔整夜都在追踪大雁。当他发现他们栖息的地方之后,就明白过来他仍旧无法接近他们。他怒不可遏,忍不住嚎叫起来。

阿卡惊醒过来问道:"是你吗,斯密尔?"

"不错,"斯密尔回答说,"你们大雁觉得我为你们安排的这个晚上滋味如何呀?"

"什么?原来紫貂和水獭都是你派来暗算我们的吗?"

"不错。现在我要用狐狸的戏弄方式来回敬你们,只要你们还有一只雁活着,即使我不得不为追赶你们而跑遍全国各地也在所不惜。不过,要是你愿意把大拇指扔下来,交到我面前,那我倒可以答应你,今后不再追赶你们了。"

"要想叫我交出大拇指,那是妄想,"阿卡回答说,"我们愿意保卫他而献出自己的生命。"

"哼,你们这样喜欢他,"斯密尔狂怒地说道,"那么我就向你们发誓,我报仇的时候第一个就拿他下手。"斯密尔又大发雷霆地嚎叫了几声后才消失。

男孩子躺在那里一直醒着。阿卡答复狐狸的那一番话使得他没有睡意了。他绝对不曾想到,他居然能够听到有谁愿意为他牺牲生命这样伟大而慷慨激昂的语言。

从这一刻起,就再也不能说尼尔斯·豪格尔森不喜欢任何动物了。

卡尔斯克鲁纳

这是在卡尔斯克鲁纳城的一个傍晚。这里白天早些时候曾经有过大风大雨,现在月亮已经升起,皎洁的月光照亮了大地。天气舒适宜人,大街小巷空无一人,四周十分安静。大雁们为了摆脱狐狸斯密尔的袭击,正在寻找一个能安全栖息过夜的地方。

男孩子骑在鹅背上飞行在天空中,他的底下是茫茫大海,礁石岛屿星罗棋布。在墨绿色的天空之下,这些岛屿无论大小看起来都是一样黑。他看到一个大岛屿四周的水面上还浮动着那么多张牙舞爪的怪物,有的看上去像是大鲸鱼,有的像是大鲨鱼或其他大海兽。男孩子估摸着,那些聚集在岛屿周围的怪东西保准全是水妖海怪。他觉得,所有的景色似乎都变得光怪陆离,而且还鬼影憧憧。

男孩子注意到阿卡开始朝这个岛上降落,吓得失魂落魄。大雁们看到两侧各有一个正方形钟楼的大教堂,就纷纷降落到了一座钟楼的平顶上。这让男孩子大吃一惊,原来整个岛屿就是一座城市。那些他看成是水妖海怪的东西,原来是停泊在岛屿周围水面上的大小不同、形状各异的船只。

在靠近陆地的浅水里,停泊着小艇、帆船和汽轮。朝向大海的开阔远处,停泊着造型灵巧的各种装甲战舰。

这究竟是哪个城市呢?嗯,他终于想出来啦。男孩子的外祖父曾经是海军舰队里的一名老水兵。在他生前,他每天不离口地对男孩子提到卡尔斯克鲁纳,向他讲述那个修造战舰的造船厂,还有城里其他的名胜。现在男孩子看到了那么多军舰,有那么多军舰停泊的地方不会是别的城市,一定是卡尔斯克鲁纳。它是瑞典的海军基地,是一座岛屿军港。他从小就喜欢船,虽说只能在大路旁边的水沟里玩玩纸做的船。不过,他非常高兴自己今天能够来到这个曾经听过无数次的地方。

对于大雁们来说,这里的确是可以避开狐狸追踪的栖身之地。对男孩子来说,他可以钻到雄鹅翅膀底下美美地睡上一觉是很惬意的。可是不知为什么,男孩子却总是安不下心来,刚刚睡了还不到五分钟,他就从雄鹅的翅膀底下溜了出来,爬到了地上。

不久，男孩子来到了一个很大的广场，广场伸展在教堂前面，地面是鹅卵石铺成的。广场上除了一座青铜塑像空空荡荡，一个人影都没有。这个塑像是一个身材高大魁梧的粗壮汉子，头戴三角形毡帽，脸上一副凶相，鹰钩鼻子，嘴巴也非常难看，手里还握着一根很长的手杖。

男孩子觉得自己从来没有像现在这样矮小，这样可怜。他想说出一句俏皮话来自我安慰一下，于是他说道："这个厚嘴唇、大嘴巴的家伙站在这里干什么呢？"说完他就迈开大步，沿着大街向前走去。

可是男孩子还没有走出几步，就听见身后有个人跟过来了，那个人沉重的脚步在鹅卵石铺的街面上踩得震天响，使地面在颤抖，房屋在晃动。

男孩子害怕起来。"也许是那个青铜大汉跟过来了吧。"他暗自思忖并且拐进了旁边的一条街上。

可是，过了一会儿，他就听见青铜大汉也拐进了同一条街道，跟了过来。男孩子真的害怕了。就在这时候，他看到前方有一幢圆木结构的小教堂，旁边有一个男人在向他频频招手。男孩子十分高兴，一口气往那里奔跑。可是当他跑到那个男人面前的时候，他却惊愕得两眼发直，因为在他眼前站着的是一个可怜的做成木头人形状的募捐箱。

他站在那里,怔怔地看着那个木头人。那是一个粗壮的汉子,头上戴着一顶黑色的木头帽子。他想起来了,外祖父也曾经向他提起过这个木头人,还说卡尔斯克鲁纳城里所有的孩子都非常喜欢他。男孩子看着木头人,看得出了神……现在那个青铜塑像也将很快来到这里了。

就在这千钧一发之际,木头人朝着他弯下腰来,向他伸出了又宽大又厚实的手。男孩子毫不犹豫地纵身跳到他的手掌上。木头人掀开自己的帽子,把男孩子塞到帽子底下。木头人刚把手臂放回原处,青铜大汉就来到了木头人的面前。

青铜大汉生硬而大声地问道:"喂,你是什么人?"

木头人手臂向上一伸,把手举到齐帽檐,身上发出吱吱嘎嘎的响声。他一面敬礼一面回答说:"陛下,请恕罪!我叫罗森博姆,曾经是'无畏号'战舰上的上等兵,服役期满后在教堂当过看门人。现在被雕刻成木像,作为一个募捐箱子被安放在这个教堂的前院里。"

男孩子听到木头人高呼"陛下",心里着实吃了一惊,吓得浑身直打哆嗦。原来那尊青铜塑像不是哪个等闲之辈,而是这个城市的缔造者,卡尔十一世国王[1]陛下本人。

"嗯,快告诉我,你有没有看到过一个很小的小家伙今天晚上在城里到处乱窜呀?要是这个小坏蛋落到我的手中,我非要叫他尝尝我的厉害不可。"国王十分生气地说道,并用手杖使劲地戳戳地。

"哦,陛下,是的,我看到过那个小子,"木头人说道,"那个小子往造船厂方向跑去了,准是躲到那里去了。"

"嗯,言之有理!罗森博姆,那么你就快随我来,跟我一起去寻找他!四只眼睛总比两只眼睛管用嘛。"

可是木头人用可怜的腔调说道:"我最最卑微地请求您允许我能站在此地不动,因为我新近刚刷过油漆,所以样子看起来浑身锃亮,很有神气,其实我已经老朽无用,动弹不了啦。"

青铜大汉根本不听他解释,反而举起那根长长的手杖朝着木头人的肩膀狠狠地敲了下去,并且说道:"别啰唆,快跟我走,罗森博姆,没有规矩就要你好看。"

---

[1] 卡尔十一世国王,瑞典国王(1655—1697)。

于是,他们这两个合不到一起的人结伴为伍,一前一后地出发了,他们在卡尔斯克鲁纳的大街上大摇大摆地走着,恍若进入一个无人之地一般。男孩子蜷曲在帽子底下从一条木头缝里往外窥望着。他们一直来到造船厂的大门前。青铜大汉抬起脚把大门踢开,他们进入造船厂里面。这是一个规模巨大的港口,里面停泊着许多军舰。

"你看,我们从哪里开始搜查这个小子最为合适呢,罗森博姆?"青铜大汉问道。

"像他那样的小个子想必最容易躲藏在船只模型陈列室里。"木头人回答说。

他们来到了一幢低矮的房屋前,走了进去,那里有一个很大的大厅,里面陈列着各色各样的船只,有古老的战列舰,有划桨小艇,还有巡洋舰、鱼雷艇,等等。

男孩子被带着在这些舰只模型之间穿来穿去,他感到骄傲,心里不断地叫好,因为这么大而漂亮的船只都是在瑞典造出来的呀!

青铜大汉和木头人一面兴致勃勃地浏览着,一面喋喋不休地谈论着,把别的事情一股脑儿忘到九霄云外去了。男孩子也因此放了心,安安稳稳地坐在木头人帽子底下,聆听他们的谈话。

最后他们来到了一个开阔的院落,那里陈列着装饰在古老的战列舰船首的头像。那些人像的面部表情都十分威严,令人生畏。他们一个个都高大无比、英勇威武,充满着伟大的自豪精神。

他们来到这里之后,青铜大汉威严地吩咐木头人道:"脱下帽子,罗森博姆,向留在这里的人们致敬!他们都曾为了保卫祖国而英勇战斗。"

罗森博姆竟然同青铜大汉一样也忘记了他是为什么那么老远跑到这里来的,他不假思索地从头上掀起帽子,高声呼喊道:"我脱帽向选择和建造这个港口的人致敬!向重建海军的人致敬!向使得这一切付诸实现的国王致敬!"

"谢谢,罗森博姆!你说得好!罗森博姆,你果然是一个非常出色的家伙……嗯,可是这是怎么回事呀,罗森博姆?"

因为就在这时候,他猛然看到尼尔斯·豪格尔森站立在罗森博姆光秃秃的脑袋上。但是男孩子现在不再害怕了,他挥舞起自己的红色尖顶小帽子,高声呼喊道:"大嘴巴万岁!"

青铜大汉狠狠地把手杖往地上猛戳，但是男孩子弄不清楚他想干什么事。那时太阳已经冉冉升起，霎时间青铜国王塑像和木头人都化为一股烟尘随风消失了。男孩子站在那里，怔怔地凝视他们消失，大雁们却从城市上空飞了过来。那只大白鹅很快看到了尼尔斯·豪格尔森，立即从空中飞下来把他接走了。

厄兰岛之行

大雁们飞到一个小岛上,降落下来寻找食物。他们在那里遇到了几只灰雁。灰雁们感到很奇怪,怎么会在这里见到这些大雁,因为他们的这些同类朋友一般是不先飞往海边,然后再往北飞行的。他们十分好奇,喋喋不休地问长问短,阿卡就把狐狸斯密尔如何追逐他们的经过详详细细地告诉了他们。有一只苍老而聪明的灰雁在听了阿卡的叙述之后长叹一声说道:"唉,那只狐狸被逐出他的家园对你们来说可是很大的不幸呀。他一定怀恨在心,不追赶你们到拉普兰是不肯罢休的。我看你们还是飞过大海,飞到厄兰岛上去待几天吧,这样狐狸斯密尔找不到你们的踪迹,也就不会来追赶你们了。"

阿卡觉得这确实是一个非常好的主意,就决定按照灰雁的建议去做。灰雁们还把沿路的明显标记告诉了他们,免得他们迷路。

这一天,海面上非常平静,没有一点儿风,天气还很热,如同夏天一般,这种天气正适合出海飞翔遨游。

大雁们飞了不久,发现身下的海面越来越开阔,海面上没有一点儿波浪,平静如镜。男孩子探头往下看,只觉得水天一色,似乎海水都已经消失在天空中了,他的头上和身下全是天空和云彩。这使他眼花缭乱,感到头晕目眩。他死命地紧紧贴在鹅背上,心情比第一次骑上鹅背飞行还要紧张不安。

当大雁们同大群大群鸟类会合的时候,男孩子感到更为糟糕了。

一大批鸟蜂拥而来,沿着一条似乎是早已规定好的路线争先恐后地朝同一个方向飞去。这批鸟中有野鸭和灰雁、黑凫和海鸠、白嘴潜鸟和长尾鸭、秋沙鸭和鸸鹋、蛎鹬和潜鸭。男孩子看到黑压压一大片鸟在水中的倒影,他的头晕得更厉害了,只觉得这些鸟是肚皮朝天地在飞翔。"也许,我们现在是在飞往天堂的途中吧。"男孩子想。他一想到天堂心里就十分兴奋,头也不晕了,只觉得高兴和痛快,因为他正在离开地球飞向天堂。

就在这时候,他猛听得砰砰几声枪响,并且看到有几股细小的白色烟柱从地面冉冉升起。他听到鸟群惊恐地大喊起来："有人开枪啦！是从船上开的枪！快往高处飞！快往高处飞！"

啊，原来这里根本不是鸟群的天堂呀！海面上有许多载满了举枪射击者的小船，那些小船一字摆开，射手们一枪接一枪砰砰砰砰地放个不停。许多深暗颜色的小躯体掉进了海里，而那些幸存者一面发出一阵阵高声的惊叫和哀鸣，一面尽快地努力向高空飞去。大雁们总算没有遭到厄运，飞了出来，男孩子却久久不能平静，他感到困惑，弄不明白怎么竟然有人会对像阿卡、亚克西和卡克西这么好的鸟类下毒手！人类简直不知道他们自己在干些什么伤天害理的事情……

大雁们和别的鸟群继续向厄兰岛飞去。他们不断地往前飞，飞了很长一段路，还是没有见到厄兰岛。这时一阵微风朝他们迎面吹了过来，随着吹过来的风，一股股白絮般的烟雾也扑向了他们。

烟雾愈来愈浓密了，这些白蒙蒙、湿漉漉的烟雾原来是一片大雾，这片大浓雾后来把鸟群全部严严实实地紧裹在里面，不久，几乎到了伸手不见五指的地步。

鸟儿们开始在浓雾中玩起了游戏，他们穿过来绕过去地飞行,存心要诱使大雁们迷路。这些鸟尽管转着圈逗趣戏弄地飞行着,但是他们对飞向厄兰岛的路途还是十分熟悉的,是不会飞错方向的。但是鸟群的捉弄可苦了大雁们,他们不熟悉路,被弄得晕头转向,这一下可把阿卡急得惊慌失措。

"你们怎么会飞到这里来了呢?你们究竟要到哪儿去呀?"一只天鹅朝阿卡飞过来叫喊着问道。

"我们要到厄兰岛去,可是我们从没去过那里,不认识路,不知道往哪个方向飞。"阿卡回答说。

"那太糟糕啦,"天鹅说道,"他们弄得你们晕头转向迷了路。好吧,跟着我来,我来给你们带路。"

他带着大雁们一起飞行,当他把他们带到离其他鸟很远的地方时,这只天鹅也忽然不见了,消失在浓雾之中。

大雁们看不到其他鸟儿的踪影,只好漫无目的地朝前飞翔。后来,有一只野鸭飞过来了。他对大雁们高声叫喊道:"难道你们没有留神自己在飞上飞下来来回回大兜圈子吗?"男孩子不由自主地紧紧抱住了雄鹅的脖子。这正是他很长时间以来所担心害怕的事情呀。

后来远处响起了一声如同滚雷一般的沉重炮声,阿卡听到这炮声，精神大振，她伸长脖子，使劲地拍打起翅膀，全速向前猛冲。阿卡知道厄兰岛最南端的岬角上有一尊大炮，人类常常用它来放炮，以驱散浓雾。现在她终于找到了标志，认出方向了，世界上再也没有谁可以愚弄她并使她迷路了。

厄兰岛的最南端，有一座古老的王室庄园，这里是野生动物能找到的庇护安身的最理想的地方，也是成千上万只候鸟歇息和觅食的天堂。

当大雁们和尼尔斯·豪格尔森终于找到厄兰岛的时候，弥天浓雾仍然紧紧地覆盖在这个岛屿的上空。男孩子目力所及的那一小段海岸上聚集着那么多的鸟儿，不禁使他感到大为惊愕。各种鸟类都把这个地方看成是真正的天堂乐园，他们待在那里，紧挤在一起，各自寻找着食物，啄食着小虫子，真是其乐融融，十分愉快。

第二天早晨岛上仍旧是浓雾弥天。男孩子跑到海岸边去捡扇贝。这里扇贝多得很。他想到，这里扇贝这么多，他多捡一些，为以后的旅行准备点食物倒是一件挺不错的事情。于是，他找来了一些有韧性又结实的蓑衣草茎，把它们编织成一个小背包。他一刻不停地编织了几个小时，他对自己的手艺还是十分满意的。

响午时分,所有的大雁都跑来了,他们一面跑一面大声说道:"白色大雄鹅在浓雾中失踪了!白色大雄鹅在浓雾中失踪了!"这一下把男孩子吓得够呛,他急忙问道:"你们有没有见到狐狸或者鹰隼来过?有没有见到过人类或者别的什么危险的踪迹?"大家都说没有见到过任何危险的迹象。大家猜测那只大白雄鹅大概是在浓雾中迷路后失踪了。

男孩子决定马上出发去寻找大白雄鹅。"莫顿!莫顿!你在哪里呀?"他高声喊着。他找呀,找呀,一直寻找到天开始暗下来了,还是没有找到。他焦急万分,心里充满了懊丧和失望。如果找不到雄鹅的话,他今后究竟会怎么样呢?究竟还能不能变回到原来的模样?对于雄鹅的失踪,没有人比尼尔斯更为忧伤和难过了。

可是正当他伤心地准备穿过草地往回走的时候,忽然模模糊糊地看见一大团白色的东西在浓雾中显露出来,并且正朝着他这边飞过来。那不是雄鹅还会是什么呢?雄鹅安然无恙地归来了!雄鹅告诉他:"我今天到处转悠,找了你们整整一天也没能找到。"男孩子喜出望外,用双手钩住雄鹅的脖子对雄鹅说道:"你一定要答应我,以后再也不要离开我了!"

"我答应你,我再也不离开你啦!"雄鹅回答说。

可是第二天早晨,当男孩子跑到海滩上去捡扇贝的时候,大雄鹅又从他身边飞开去了,雄鹅又不见啦。男孩子十分伤心,情绪低落。他估计雄鹅大概又像头一天一样在大雾中迷失方向了。

男孩子立即出发去寻找。他不断地高喊着大雄鹅的名字,沿着海滩寻找过去。他走过海滩,经过耕地和牧场,一直走到海岛中部平坦的高地上去寻找,可是雄鹅还是无影无踪。夜晚又来到了,男孩子不得不返身往回走。他累得筋疲力尽,心里十分懊丧难过,这一次他只得真的相信自己的旅伴一定是走丢了。

他刚要转身往回走,却听到附近有一块石头倒塌下来的声响,并且似乎隐隐约约地看到一堆碎石头中间有个什么东西在移动。他蹑手蹑脚地走近去看个究竟,原来是那只白雄鹅嘴里衔着几根长长的草正在费力地往乱石堆上爬。雄鹅并没有看见男孩子,男孩子也没有出声喊他,因为他想,雄鹅一次又一次失踪,其中必有缘故,他一定要弄个明白。

原来乱石堆里躺着一只小灰雁,当雄鹅爬上乱石堆出现在小灰雁面前的时候，小灰雁就欣喜地叫了起来。男孩子悄悄地再走近一些，这样他就可以更清楚地看到他们，更清楚地听到他们的讲话。从他们的话里男孩子知道原来那只小灰雁的一只翅膀受了伤，不能飞行了，而她的雁群已经飞走了。如果不是白雄鹅给她送食物来，她肯定已经饿死了。男孩子听到白雄鹅对小灰雁说了不少安慰的话，最后雄鹅又说道："晚安，小灰雁，我离开雁群的时间不能太久，我得回去了。你放心，明天我一定还会再到这里来看你的。我敢肯定你一定很快就会好起来，很快就会恢复健康的。"

男孩子让雄鹅先走了，没有去惊动他。在雄鹅远去之后，他轻手轻脚地走进乱石堆。他有点儿生气，他要向小灰雁去说明白，雄鹅是属于他的，是要驮着他去拉普兰的。"大雄鹅为了她要留下来是不可能的，那简直是瞎扯。"男孩子自言自语地说道。可是当他靠近小灰雁一看，才恍然大悟为什么雄鹅要去帮助她。她是一只美丽的小灰雁，长着一个漂亮的小脑袋，羽毛光洁，眼神温柔，眼睛里还闪烁着光芒。

当小灰雁看见男孩子的时候，她十分惊慌，想赶快逃走。

"你不必害怕我。"男孩子赶紧说道,因为他看到小灰雁的左翅膀脱了臼,无法逃脱。"我的名字叫作大拇指,是雄鹅莫顿的旅伴。"他继续说道。

她是一只非常聪明、可爱而又机灵的小灰雁。当大拇指一说出他是谁之后,她就向他点头致意,并且用悦耳动听的嗓音说道:"我非常高兴你到这里来。我从白雄鹅那里知道,再也没有人比你更聪明、更善良了。"听到她温柔动听的话语,男孩子想到了自己刚才的态度,感到十分害羞。

他十分激动,心中升起一股很想帮助她的激情。他便把他那双很小的手伸到羽毛底下去摸摸翅骨,幸好骨头没有折断,只是关节错了位。他伸出一根手指探了探那个脱臼了的关节窝,他一面说着,一面牢牢捏住那根管子状的骨头用力一推,把它推回了原处。毫无疑问,这是他第一次做这样的事情,但是手脚可以说倒是十分利索,动作也很准确,他做得非常好。可是那只可怜的小灰雁由于疼痛发出了一声撕心裂肺的惨叫,然后如同死掉一般瘫在了乱石之中。

男孩子惊吓得魂飞魄散。他本来是想帮助这只小灰雁的,现在想不到她却一命呜呼了。他纵身跳下乱石堆,没命地飞奔回去。他觉得,自己误杀了一个真正的人。

第二天,天色转晴,大雾已经消散。阿卡决定他们应该继续向前飞行了。男孩子对这个决定感到十分高兴,唯独雄鹅不赞成,可是阿卡并没有理会雄鹅便动身了。

男孩子爬到雄鹅背上,雄鹅很不情愿地跟随着雁群出发了。男孩子为能够离开这个岛屿而松了一口气,他为小灰雁的事心里十分内疚,良心上遭受着谴责,但是他又不敢对雄鹅讲清楚,说明白他想治愈小灰雁的本意。不过他又非常怀疑白雄鹅真的会丢下小灰雁不管而一飞了之……

他们开始向前飞行了。突然之间雄鹅竟转过头来往回飞,对小灰雁的关切使他不顾一切了。

雄鹅挥动了几下翅膀就来到了乱石堆,然而小灰雁却没有躺在乱石堆中。

"小灰雁邓芬!小灰雁邓芬!你在哪里呀?"雄鹅焦急地呼唤道。

"大概狐狸曾经来过,把她叼走了。"男孩子想道。可是就在这时候,他听到一个悦耳的声音在回答雄鹅:"我在这儿,雄鹅,我在这儿!"小灰雁从水中跳跃而起,她已经恢复了健康,一点儿毛病也没有了。她告诉雄鹅,全靠大拇指将她的翅膀用力一推,使关节复位。现在她已经痊愈了,可以继续飞行了。

水珠如同珍珠一般在她绸缎般的翎羽上闪闪发亮。大拇指不禁又一次想道,她是一位真正的小公主。

男孩子骑在鹅背上,飞行在高高的天空中,兴高采烈地俯视着旅途中的景色,下面长长的海岛清晰可见。他今天的心情同昨天在岛上到处寻找雄鹅时的难过失望完全不同。

他们飞到了海岛的中央高原,高原上有许多风磨。他们停下来休息,男孩子坐在一个风磨旁边休息。有两个牧羊人,一个年纪很轻,另一个却上了年纪,带着猎狗赶着一大群羊走了过来。他们在磨坊的台阶上坐了下来,而男孩子隐匿在台阶底下,那两个牧羊人是看不到他的。

那个老年牧羊人起先默不作声地坐在那里,没过多久,他开口同身旁的伙伴说话。那个年轻的牧羊人从背包里取出面包和奶酪来开始吃饭。他并不搭腔,只是耐心地倾听那个老牧人讲话。

"现在我给你讲一个典故,艾立克。"那个老年牧羊人说道,"古时候曾经有过一只蝴蝶,身体有几十公里长,一对翅膀真是漂亮极了,又宽又大,像个湖泊那样。有一天,这只蝴蝶飞出了陆地,往海上飞去。他一飞就飞到了波罗的海上。还没有等到飞得很远，就碰上了暴风雨，你是知道的，艾立克，波罗的海上的暴风雨很凶猛，不消片刻就把那对翅膀撕了个粉碎，碎片统统随风卷走，而那只蝴蝶就可怜巴巴地坠入了海中。"

"我说呀，艾立克，"老牧人停了一下又继续说道，"这只蝴蝶掉在海里，浑身浸透了石灰质，变得像石头一样坚硬了。它的身躯后来也就变成了波罗的海里的一个狭长的岩石礁。你难道不相信吗？"

他收住了话头，等着对方回答。可是那个年轻的牧羊人朝他点了点头。"说下去，我听着呢！"他说道。

"仔细听着，艾立克，你和我居住的这个厄兰岛原来就是那只蝴蝶。整个岛屿形状就像一只蝴蝶。岛的北面是细长躯体的上身和圆圆的脑袋，南面可以看出是躯体的下身，先是由细变粗，再由粗变细，最后是一根尖尖的尾巴。"

他又一次收住了话头，打量着他的伙伴，然而年轻的牧羊人却自顾自地吃着东西，只点了点头让他继续往下说。

"我只是想知道，我们这个岛上居住着许多人，有农庄里的农民，有靠出海打捞为生的渔民，还有商人，或者是每年夏天到这里来洗海水浴的浴客、其他旅游者和猎人等，我真想知道呀,他们这些人当中究竟有没有人知道这个海岛曾经是一只蝴蝶,他曾经摆动巨大的翅膀飞来飞去。"

男孩子听到这里,恍然大悟,原来刚才出现在他身下的长长的海岛是一只大蝴蝶的身躯呀。

小卡尔斯岛

雁群在厄兰岛北岬角过了一夜，然后朝内陆方向飞去。就在他们快要靠近第一群礁石岛的时候，猛然传来了一阵呼啦啦的巨响，他们身下的海水顿时变成了黑色。雁群赶紧朝海面上降落下去。可是还没有等到他们落到水面，从西面卷过来的大风暴已经追到他们头上。狂风将雁群刮得朝着茫茫的大海远扬而去。

大雁们设法朝海面上降落，大海在汹涌怒吼，巨浪从碧绿色的海面上汹涌而来，一浪高过一浪。大雁们对于浪峰涛谷倒并不十分害怕，他们反而觉得这是莫大的乐趣，因为他们不需要花力气去游泳了，而是可以随着波峰浪谷上下地荡漾，就像孩子们玩秋千一般兴高采烈。但是那些被狂风席卷而去的可怜的陆地鸟类嫉妒地呼喊道："你们会游泳的总算逃脱了这场灾难！"

然而大雁们并没有完全脱离险境。要命的是，在水面上下摇荡不可避免地使他们十分困倦,产生睡意。在这种境遇下熟睡是有很大危险的,因此,阿卡不停地呼喊道:"大雁们,不许睡着!睡着了就会离群的!"

尽管大雁们费尽力气支撑着不要睡过去,可是他们实在是太疲倦了,仍然一只接着一只睡着了,甚至连阿卡自己也差点儿打起盹来。就在这时候,她忽然注意到在一个浪头的顶峰露出一个圆圆的深颜色的东西。"海豹!海豹!海豹!"阿卡拼命大叫起来,大雁们扇起翅膀就冲上了天空。在最后一只大雁刚刚离开水面的时候,海豹已经到了跟前,差一点儿就把那只大雁的趾掌咬住。这真是千钧一发之际脱了险呀!

男孩子忽然觉得风力比方才急骤地增强起来。他抬头一看,就在离他两三米的地方迎面有一座贫瘠荒芜、全是怪岩巨石的峭壁。大雁们笔直地朝着这座峭壁飞去!男孩子感到心惊肉跳,心想:这一下岂不是要把自己撞个粉身碎骨吗?

但是当他们飞到山跟前时,男孩子才看清,原来峭壁上豁开着一个半圆形的洞口。大雁们接连飞进了洞口。

转眼之间一切化险为夷,他们到达安全的地方了。

这些旅行者在庆幸之余想做的第一件事情便是查看一下

是否所有的旅伴都已经安然脱险。结果发现别人都在,只有卡克西失踪了,对此,大雁们倒并不担心,因为卡克西年纪大而且头脑聪明,她一定能够找到他们。

大雁们开始四处查看这个山洞,他们为能够找到这样一个舒适宽敞的地方歇息过夜而感到高兴。就在这时候,亚克西突然看到山洞一处阴暗的角落里有几个发亮的绿色光点。

"那是眼睛。"阿卡惊呼起来。雁群立即朝洞口冲过去。可是大拇指的视力在黑暗中要比大雁们强得多,他喊着让他们回来,并且说道:"不用跑,没有什么可怕的东西,角落里只有几只可爱的羊!"

大雁们走到羊群面前,向他们打招呼,并向他们行了屈膝礼。

"我们擅自闯到你们的屋子里来是很不对的,请你们原谅。"阿卡解释道,"可是我们也是出于无奈,我们是被大风刮到这里来的。我们只是想找一个安全的地方睡一个好觉。"她说完之后,在很长时间里没有哪只羊搭腔。然而,可以清楚地听到有几只羊在深深地长叹。后来终于有一只母羊开口说话了,她语调忧郁地说道:"唉,这里也不见得是一个安全的住宿地。我们不能像早先那样殷勤待客啦。不过，不管怎么说，在你们离开此地之前，我招待你们吃点儿东西吧。"她把雁群领到一个盛满清水的大坑前面，水坑旁边有一大堆谷糠和草屑。她请他们吃个痛快。对大雁们来说，这些东西显然就是一顿丰盛的晚餐了。他们马上跑到那堆草料上面啄起食来。他们放开肚皮饱食一顿之后，就像往常一样站好姿势准备睡觉。这时，一只大公羊却站起来走到他们面前，说道："这个岛叫作小卡尔斯岛。这里只有羊和海鸟居住着。我们一年到头都居住在这样的山洞里，过着自己的日子。这里倒是蛮宽敞的，可惜的是去年冬天冷得出奇，大海也结了冰，有三只狐狸就从冰上跑了过来，从此就在这里长住下来。"

"哦，原来如此，难道狐狸也敢对你们下手吗？"

"哦，那倒也不是，在白天他们是不敢的，"公羊说道，"可是一到晚上趁我们睡在山洞里的时候，他们就偷偷地来袭击我们。等我们一睡着，他们马上就扑过来。别的山洞里的羊群差不多都给狐狸咬死了。现在就剩下我们这一群羊还在这里，我们已经筋疲力尽，再没有力量整夜不合眼来监视他们喽。"大公羊说完长叹了一声。

阿卡听了大公羊的话以后，意识到这里确实是一个十分危险的地方。尽管如此,阿卡还是不愿意回到大风暴里去。在大风暴里的滋味实在叫人受不了。她沉思了片刻之后,回头转向大拇指,问他愿不愿意到洞口为大家去放哨。

男孩子虽然并不太乐意不睡觉,可是这比起刚才在大风暴中飞行时所承受的苦楚还是要好一些,因此他答应不睡觉。他走到洞口,睁着眼守卫着。

男孩子在那里坐了不久,就看到三只狐狸顺着山路偷偷地跑上了陡坡。他马上脚步如飞,奔进洞里,用力摇晃大公羊的犄角,把公羊摇醒,然后一个箭步骑到羊背上。

"快起来,大公羊,往前冲!我们要去吓唬狐狸,让他们尝尝厉害。"男孩子说道。

狐狸已经跑到洞口,正在偷偷地向里面靠近。男孩子端坐在公羊背上,看准了狐狸正在悄悄地溜进来。

"笔直朝前冲!"男孩子向公羊咬了咬耳朵。大公羊猛地用力将头朝前一顶,就把第一只狐狸顶了出去。"朝左边冲!"男孩子把公羊的大脑袋扳到正确的方向。公羊用犄角狠狠一戳,击中了第二只狐狸,那只狐狸一连翻了好几个筋斗,滚下了山坡。第三只狐狸逃跑了。

"我想,他们今天晚上尝足了味道!"男孩子说道。

"是呀，我想也是这样。"大公羊回答，"现在你快在我的背上躺下来，钻到我的茸毛里去，舒舒服服地睡个好觉吧！"

第二天，大公羊背上驮着男孩子在岛上四处转悠，让他看看小卡尔斯岛的风景。这个岛原来就是一块巨大的岩石礁，四周峭崖陡壁，顶部平坦，宛如一幢巨大的房屋。

岛的正东是哥特兰岛，西南方向是大卡尔斯岛，外貌和小卡尔斯岛差不多，区别不大。公羊走到峭壁边缘，男孩子从陡壁往下俯视，他看到峭壁上密密麻麻都是鸟窝，而在底下蓝色的海水里，各种海鸟在自由自在地捕捉食物。

"这真是一个令人向往的地方。"男孩子说道，"你们羊住的地方可真美啊！"

"是呀。"大公羊说道。过了一会儿，他又说道："你独自一人在这里走动的时候，千万要留神脚底下的裂缝，这山上有好几处很大的裂缝。要是有人失足掉了下去，那就没命啦。"

然后大公羊驮着男孩子来到了海滩上。男孩子觉得这里非常美丽，令人向往。他越看越不愿意离开。

虽然海滩上景色很美丽，不过男孩子还是更喜欢山顶，因为这里有些惨不忍睹的景象，遍地可以见到羊的尸骸。他看到了肉被吃光后剩下的完整的骨架，也有血肉狼藉的半片尸骸，还有些连一口都没有被吃过的尸体完整地躺在地上。这些狐狸真是极为残暴，他们捕捉猎物，并且把他们捉弄至死，不是为了吃而是为了取乐。男孩子看到这种惨相感到毛骨悚然。

公羊在尸骸面前没有停住脚步，而是默默地走了过去。可是不久他却说道："随便哪个聪明能干的人看到了这些惨状都不会无动于衷，都想要狐狸得到应有的惩罚。"

"老人家，您总不见得想叫我这么一个小人儿去对付那些无法无天的家伙吧。"男孩子说道。

"像你这样小但这么机灵的人是能把许多事情拨正过来的，是可以干出一番惊天动地的大事情来的。"

男孩子为羊的不幸遭遇难过，想要帮助他们。"我一定要找阿卡和雄鹅莫顿商量商量这件事情，"他思忖着，"说不定他们能给我出个好主意。"

过了不久，白雄鹅就驮着男孩子无忧无虑地在山脊上信步漫游，他没有躲躲藏藏，而是昂首挺胸地往前走。男孩子四仰八叉地平躺在鹅背上，眼睛仰望着蓝色的天空。雄鹅和男孩子都那么逍遥自在，当然也就没有注意到三只狐狸已经爬上了山顶。雄鹅一瘸一拐地朝前走，一个翅膀还耷拉在地上。

当狐狸们快要走近雄鹅，准备跳起来向他冲过去的时候，雄鹅拍打着翅膀，想往天空飞去，但是怎么也飞不起来。就在三只狐狸一齐纵身扑向雄鹅的最后一刹那，雄鹅朝旁边一闪身，狐狸扑了个空。雄鹅只抢先跑出了几步路，这个可怜虫还是拼命地一瘸一拐往前飞跑。男孩子倒骑在鹅背上朝着狐狸大呼小叫道："你们这几只狐狸，吃羊肉吃得浑身肥膘，胖得连一只鹅也追赶不上啦！"他的呼喊激怒了那三只狐狸，他们暴跳如雷，不顾一切地往前直蹿。

雄鹅径直朝那个最深的大豁口飞跑过去，他来到豁口边上，再一次拍动翅膀，一下子就飞了过去。

在飞过了大豁口之后，雄鹅还是朝前匆匆地飞奔。可是还没有奔出几米远，男孩子就拍拍雄鹅的脖子说道："现在你可以停下来啦，莫顿。"就在这个时候，他们听见身后传来了疯狂的嚎叫和利爪抓挠岩石的声音，随后又听见身体坠到谷底的沉重响声。狐狸再也不见踪影了。

两座城市

海底城市

那天晚上大雁们露宿在山顶上,男孩子躺在低矮干枯的草丛中。

一轮明月,又大又圆,高高挂在天际。男孩子忽然记起今天晚上是复活节前夜。

"今天晚上所有的巫婆都要从山上出来,回到家里来啦。"他思忖着,而且暗自笑起来。因为他心里对小精灵有点儿害怕,但是对巫婆却一点儿也不怕。

他仰面朝天躺着遐想。过了一会儿,忽然有一幅美妙的画面映入他的眼帘。有一只飞鸟挡在月亮前面。在明晃晃的月亮衬托下,飞鸟呈黑色。这只鸟身体小,脖子长,细长的腿向下垂,好像是一只鹳鸟。

过了片刻,那只白鹳鸟飞落在男孩子身边,他竟然是埃尔曼里奇先生。埃尔曼里奇先生是斯康耐平原东南部离大海不远的一座名叫格里敏大楼里的居民。他和男孩子尼尔斯早就认识。他弯下身来,用长喙碰碰男孩子想把他叫醒。男孩子立即坐了起来。

"我没有睡着,埃尔曼里奇先生,"他说道,"您怎么半夜三更还在外面忙碌?格里敏大楼里情况怎么样?"

"今天晚上月色太美了,"埃尔曼里奇先生回答说,"我从一只海鸥那里听说你今天晚上在小卡尔斯岛上,所以我就飞了一段路来找你了,我的好朋友大拇指。"

埃尔曼里奇先生的到来使男孩子喜出望外。两个老朋友重逢聊个没完没了。最后白鹳问男孩子是不是有兴趣趁着这皎洁、美丽的月光出去转转,兜兜风。男孩子对白鹳来找他,还要带他出去遨游感到十分高兴,当然也非常愿意。

埃尔曼里奇先生背着男孩子重新朝天空飞去,他们飞过大海,在一片大小均匀的细沙海滩上降落了下来。

海滩上没有人烟,沿岸有很长一排沙丘,顶部长着蓬蒿。埃尔曼里奇先生站到一个沙丘上,蜷起一条腿,把长喙塞在翅膀底下。

"我要休息一会儿啦,"他对大拇指说道,"你可以在海滩周围走走,但是不要跑得太远了。"

男孩子打算先爬到一座沙丘上去看看海岸的内陆究竟是什么样子。他刚迈出一两步,脚上的木鞋鞋尖就踩到一个硬邦邦的东西,他弯下身去一看,原来沙堆中埋着一枚铜绿斑驳的小铜钱。这枚小铜钱实在太残破了,男孩子根本无意去捡起来,而是一脚把它踢了出去。

可是当他直起身来的时候,他完全惊呆了。就在离他两步远的地方,赫然矗立起一堵黑黢黢的城墙,城门旁边还筑有碉楼。

就在他弯下腰去之前,眼前还是一片波光潋滟的大海,而转眼之间竟然被城墙隐藏了起来!男孩子心里明白,这一定是妖魔鬼怪在作祟。可是,他很有兴致去城墙背后看个究竟,于是大步地跨进城门……

男孩子走进城里,来到一处广场,广场的地面上镶着平整的大石板,四周都是高大而漂亮的房屋。广场上人流如潮,熙熙攘攘。男人们个个披着皮毛绳边的长大氅,里面穿着绫罗绸缎,头上戴着斜插羽翎的小圆帽。女人们头戴尖顶帽,身着紧袖小袄和长裙。但是这座城市本身要比那些男男女女更值得一看,每幢房屋都有一堵山墙。有的山墙是用绚丽斑斓的彩色玻璃镶嵌而成，有的则是用黑白两色相间的大理石镶嵌而成。

男孩子继续往城里跑去，他穿过了一条又一条街道，那些街道又窄又长，到处都是人。老太婆们端坐在自己家门口在用纺锤纺线；手工艺匠人在露天干活儿，有的在熬鲸油，有的在鞣皮革，还有的在打麻绳。他看到了兵器匠怎样用铁锤敲打出护胸铁甲，金银首饰匠怎样把宝石镶嵌到戒指和手镯上去，铁匠怎样锻造自己的铁块；他看到了鞋匠怎样给红色软皮靴上鞋底，还有纺织匠人怎样把金丝银丝织到布面上去。

不过男孩子没有久留，为了尽量多看一些，他又继续朝前走。他穿过全城之后，便来到了另一个城门，那个城门外面是大海和港口。男孩子一眼看到了划桨的位置设置在中间部分的那种老式船只。港口里搬运夫和商人摩肩接踵，来往如梭。到处都是喧哗繁忙的热闹景象。

但是男孩子知道在这里也不能耽搁太久。他赶紧又折回身来朝城里跑去。他来到了市中心广场。广场上，大天主教堂巍然屹立，教堂的三个钟楼高耸入云。教堂里面的布道大厅气势宏伟，五颜六色的彩色玻璃闪闪发光，上百支蜡烛把大厅照得金碧辉煌。教堂外面的集市上,商人们在兜售绫罗绸缎、嵌金线的织物和薄如蝉翼的抽纱花边。

有一个商人一眼看到了男孩子,殷勤地向他展示精美的货物让他购买。男孩子摇摇头,表示他不想买东西。可是那个商人却比刚才更加殷勤地跟他打招呼,向他竖起了一根手指头。

"难道他的意思是说,他所有这些东西只要一个金币就可以买到啦?"男孩子疑惑地想道。突然,所有别的商人都围聚在他的身旁,向他兜售商品。他们一个个眼泪汪汪,几乎都要哭出来了,他们都向他表示只要一个小铜钱就足够了。男孩子忽然想到方才他在海滩上见到过的那枚铜绿斑驳的铜钱。

他不顾一切地奔跑起来,穿过城门,一口气奔到海滩上开始寻找方才还在海滩上的那枚浑身铜绿的铜钱。他倒真的找到了,但是当他捡起铜钱要迈步奔回城里去的时候,城墙却不见了,一切统统化为乌有,眼前只剩一片汪洋大海。

就在这时候,他感觉到白鹳埃尔曼里奇先生正在用长喙碰他。

"我想你也同我一样,方才在这里睡了一觉。"埃尔曼里奇先生说道。

"哦,埃尔曼里奇先生!"男孩子问道,"我方才看到的那座城市是哪一座城市呀?"

"你看见了一座城市?你大概是睡熟了,做了一个好梦吧。"白鹳回答道。

"不是的,我没有做梦。"男孩子说道。

埃尔曼里奇先生沉思片刻后说道:"我还是认为,大拇指,那一切不过同做梦是一样的。但是,我不想对你隐瞒,所有鸟类中最有学问的那只鸟——渡鸦巴塔基有一次对我讲起过,从前在这个海滩上曾经有过一座名叫威尼塔的城市。为了惩罚那座城市里居民的不知自爱和放纵,在一次海啸中,上苍将城市淹没到水中并且沉入海底。城里的居民并不会死掉,整个城市也完好如初。但是每隔一百年,这个城市才在某个晚上从海底浮出水面,把它的旧日豪华风貌展现在陆地上,在地面上停留的时间只有一个小时。如果威尼塔城里有一个商人能够成功地把随便什么东西卖给一个像你一样活生生的人的话,那么这座城市就会被允许重新在海岸上一直保留下去。那个城市里的居民也可以像其他的人一样有生有死地生活下去啦。"

"那么我刚才看见的就是这座城市,"男孩子说道,"埃尔曼里奇先生,你今天晚上把我带到这里来,是想让我来拯救那座古老的城市,可惜我没能做到……"

男孩子用双手捂住眼睛,呜呜咽咽地哭了起来。

活的城市

复活节的第二天下午,大雁们和大拇指又继续飞行,他们来到了哥特兰岛上空。这是一个很大的岛屿,岛上地势平坦。跟斯康耐一样,这里的土地上也种了不同的庄稼,形成一个个方格子。岛上有许多教堂和农庄。同斯康耐不同的是,这里耕地之间夹杂有更多的放牧草场。

大雁们绕道拐到哥特兰岛上空,完全是为了大拇指的缘故。两天来他好像变成了另外一个人,连一句高高兴兴的话都没有。他为自己不能拯救亲眼所见的那么美丽而又气派的城市而伤心,他也为那里的居民感到难过。他觉得自己的罪孽无法获得宽恕,因此一直闷闷不乐。

阿卡和雄鹅都再三劝说,尽力使大拇指相信,他只不过是做了一个梦,或者说出现了幻觉,但是他不相信他们的话。他对自己所看到过的那一切景象深信不疑,因此他茫然若失，情绪十分低落。

正在男孩子心情最坏的时候，老卡克西回来了，回到了雁群中。卡克西听说大拇指心情不好，她觉得她可以安慰他。

"大拇指没有必要为一座古老的城市而感到伤心。跟我走吧，我把你们领到我昨天见过的那个地方，他就不会再那么伤心啦。"

于是大雁们告别了绵羊，动身飞往卡克西要给大拇指看的那个哥特兰岛上去。尼尔斯坐在鹅背上低头俯视大地。他觉得，从上往下看整个岛，似乎也是像卡尔斯岛那样的一块又高又陡峭的岩石，不过要大得多。他们沿着海岸飞行的时候，他注意到一些地方有很高的石灰石峭壁，峭壁上还有洞穴和石柱。但是大部分地方的山头是平坦的，海岸也是平缓地向大海伸展。

他们在哥特兰岛上的那个下午，天气晴朗，风平浪静。这是一个和煦的阳春天气。有很长一段时间，男孩子一直骑在鹅背上往下看。他无意之中抬起头来眼睛朝前一瞧，这一下使他大吃一惊。原来大雁们已经飞过了岛上的腹地，正朝西海岸飞行。他的面前又展现出碧波万顷的大海，使他十分吃惊的是，海岸上屹立着一座城市[1]。

当他飞近那座城市的时候，那里的城墙、碉楼、带有山墙的房屋和教堂在明亮天空的衬托下全都显得黑黝黝的。他觉得，这座城市同他在复活节前夜所见到的那一座同样地气派非凡。

不一会儿，他来到这座城市的上空，他看清了这座城市同海底那座城市还是有差别的。是呀，这座城市也有过昔日的显赫，也曾经城墙环绕，碉楼高耸，也曾经有过高大的城门。然而，现在还残留在地面上的大教堂的塔楼却连屋顶都没有了，里面断壁残垣，空空荡荡。窗户上没有玻璃，空空如也，地面上杂草丛生，墙壁上爬满了常春藤。昔日的华丽气派一扫而光。男孩子在看到了这座城市之后，心情慢慢地平静下来。他一边站在海滩上洗澡一边想："过去的事情就让它过去好啦。我别再为自己没有拯救那座沉没在海底的城市而苦恼了，也别再为此而伤心了。那座气派非凡的城市即使没有沉入海底，说不定过了多少年之后也会变得同眼前这座城市一样衰败。还是让威尼塔古城保留其原有的豪华风采

---

[1] 城市指的是维斯比城，哥特兰岛上最大的城市，因其历史悠久、遗址众多而闻名。

深藏在海底好啦。"

　　大雁们横渡大海的旅行非常愉快。那天晚上他们留下来准备栖息过夜的时候,大雁阿卡发现春天已经早就来到,到处是一派春意盎然的勃勃生机。大雁们担心在南方耽搁得太久了,因此,阿卡决定第二天早晨必须启程向北飞行,到塔山去。

乌 鸦

在斯莫兰省西南的索耐尔布县和哈兰德省交界的地方，有一片辽阔的沙质荒漠。在尼尔斯·豪格尔森跟随大雁们四处漫游的时候，那里有一间小屋，屋子周围有一小块田地，但曾经在那里居住的主人因某种原因早已搬走。小屋已经没有人居住了，田地也一直闲置着没有人耕种。房子的主人从那里离开的时候关上了炉子，插上了窗户上的插销，锁好了门，但是他们忘记了窗上有一块玻璃破了的地方是用破布遮挡着的。最后，一只乌鸦把破布撕走了。

荒漠上居住着一大群乌鸦。他们每年春天在筑巢产蛋的时候才到这块荒漠上来。

那只从窗户上撕走破布的乌鸦名叫迟钝儿，他比其他乌鸦都长得大而强壮，但是他心地比较善良。现在这群乌鸦的首领名叫黑旋风，他是一只极为残暴、凶猛的乌鸦。

一天下午，黑旋风带着乌鸦们飞进了荒漠一角的一个坑里。那个大坑是人们采石后留下的。乌鸦们在大坑底部寻来找去，后来在石头和沙土里发现了一个用木钩子锁着的大瓦罐。他们用嘴在瓦罐上啄洞，想看看里面是什么东西，但是没有成功。正当他们无计可施的时候，忽然听到一个声音："要不要我来帮你们的忙呢？"

他们抬起头来一看，原来大坑边上坐着一只狐狸，这是一只他们见到过的最漂亮的狐狸，只可惜这只狐狸少了一只耳朵。

"如果你想帮我们忙的话，"黑旋风说，"我们是不会拒绝的。"

狐狸纵身跳下坑去，他一会儿撕咬瓦罐，一会儿又撕扯盖子，但是他也没有能够把它打开。

"那你能猜出里面装的是什么东西吗？"黑旋风问。

狐狸把瓦罐滚来滚去，并仔细倾听里面的声音。

"里面装的肯定是银币。"他回答道。

狐狸站在那里，思考着怎样才能把瓦罐打开。他想正好可以利用乌鸦去把大拇指抓到手。

"对！我知道有一个人能替你们打开这个瓦罐。"狐狸说。

"那快告诉我们！快告诉我们！"乌鸦们喊着。

"我可以告诉你们，不过你们得首先答应我一个条件。"他说道，"那个人的名字叫大拇指，如果他把瓦罐打开，替你们取出银币，那么，你们要将大拇指交给我。"

乌鸦们立即答应了他的要求。黑旋风亲自带领五十只乌鸦马上出去寻找。

这天早晨天刚破晓，大雁们就开始在他们过夜的小岛周围的水中吃起了东西，他们想在吃饱后早早启程飞行。男孩子也不时地四下张望，寻找食物。尼尔斯突然觉得有人从背后抓住了他，并想把他提起来。他转过头去，看到一只乌鸦咬住了他的衣领。他竭力想挣脱开，但还没有来得及，另一只乌鸦又赶了上来，咬住了他的袜子，把他拖倒了。尼尔斯此时没有呼喊着让白雄鹅和大雁们来救他，他认为两只乌鸦他还是能应付得了的。于是，他用脚踢，又用拳头打，但是不管他如何反抗，乌鸦们就是死死咬住不放，不久他们把他提到了空中。乌鸦们向前猛飞，结果把他的头撞到了一根树枝上。他两眼发黑，继而失去了知觉。

当他慢慢恢复知觉，再次睁开眼睛的时候，发现自己已经在高空中了。他明白自己是被几只乌鸦劫持了。今天大雁们将飞到东耶特兰去，而他正被乌鸦们带往西南方。

"我现在不能照顾白雄鹅了，他会不会出什么事？"男孩子想着这个问题，他开始向乌鸦们大声呼喊，要他们立刻把他带回到大雁们的身边。乌鸦们毫不理睬他，还是和原来一样快速向前飞去。不一会儿，其中的一只乌鸦扑打着翅膀示意说："注意！危险！"接着，他们就一头扎进了一个杉树林里，把男孩子藏在一棵枝叶茂密的杉树下，五十只乌鸦把他团团围住，以防他逃跑。

"乌鸦们，现在也许应该让我知道你们把我抓到这里来的原因了吧……"他向乌鸦提问。但是，他话还没说完，一只大乌鸦就嘶哑着嗓子对他说："住嘴！否则我就挖掉你的眼睛。"男孩子无可奈何，只好服从。"我今天肯定落到了一帮十足的强盗手中。"他想。就在这时，他听到大雁在他头顶上呼喊道："你在哪儿？我在这儿。你在哪儿？我在这儿。"尼尔斯知道这是阿卡和其他大雁出来找他了，但是还没等他回应大雁们的呼叫，这帮强盗的头目用嘶哑的嗓门在他的耳边威胁说："想想你的眼睛！"他又听到大雁们呼叫了好几次，后来就听不到了。

"好了，现在就看你自己的了，尼尔斯·豪格尔森。"

他自言自语地说道。

过了一会儿，乌鸦发出了起飞的信号。于是男孩子说道："难道你们中间就没有一个能背得动我吗？我刚才都快让你们撕成碎片了。求求你们，让我骑在你们背上飞吧！我保证不从乌鸦的背上跳下去。"

这时，乌鸦群中长得最大、羽毛蓬乱，翅膀上还长了一根白色羽毛的乌鸦走上前来说："黑旋风，把大拇指完整无损地带回去，对我们大家都好。让我来背着他飞吧。"

"如果你能背得动的话，迟钝儿，我不反对。"黑旋风说，"但一定不要把他弄丢了。"

乌鸦们继续朝西南方向飞行。那是一个美丽的早晨，风和日丽，一只鸫鸟站在树梢上高歌。

"你好漂亮！没有谁比你更漂亮！"他一遍又一遍地唱着这支歌。

这时男孩子正从树林上空经过。他向下面喊道："我们早就听过这支歌了！"

"是谁？是谁在嘲笑我？"鸫鸟问道。

"是一个被乌鸦劫持的人在嘲笑你唱的歌！"男孩子答道。

乌鸦头目黑旋风训斥道:"当心你的眼睛,大拇指!"

但是男孩子却想:"哼,我才不在乎呢。我是不怕你的!"

他们朝内陆方向越飞越远,到处可以见到森林和湖泊。在一片桦树林里,一只公斑鸠面对一只母斑鸠不停地咕咕叫着:"你,你,你是所有森林中最可爱的鸟。森林中没有谁比你更可爱,你,你,你!"

男孩子正好从天空中飞过,他听到斑鸠先生的话就高声喊道:"你别相信他!你别相信他!"

"谁,谁,是谁在说我的坏话?"公斑鸠又咕咕地叫着。

"是被乌鸦劫持的人在说你的坏话!"男孩子回答道。

黑旋风再次命令他闭嘴,但是驮着男孩子的迟钝儿却说:"让他去说,这样所有的小鸟就会认为,我们乌鸦也成了机灵幽默的鸟了。"

他们继续往前飞,飞到一座古老庄园的上空。"我们有四个漂亮的小圆蛋,"他们听到一只椋鸟唱道,"我们有四个漂亮的小圆蛋。"

男孩子听到后就把双手放到嘴上弯成圆筒形,大声地喊道:"喜鹊会来抢走的!喜鹊会来抢走的!"

"是谁在吓唬我?"椋鸟一边问一边不安地扇动翅膀。

"是一个被乌鸦劫持的人在吓唬你!"男孩子说。

这一次乌鸦的头领没有制止他,相反,他和整群乌鸦都觉得很有趣,因此满意地喳喳叫了起来。

他们飞越到一个湖泊的岸边时,听到有一只公鸭正在对一只母鸭说话。

"我将终身忠于你。我将终身忠于你。"公鸭说。

"他对你的忠诚连夏天也过不了。"男孩子喊道。

"你是谁?"公鸭问。

"我的名字叫被乌鸦偷走的人!"男孩子答道。

吃午饭的时候,乌鸦们落到了一块牧场上。他们四处奔跑,为自己寻觅吃的食物。这时,迟钝儿嘴里衔着一段带着几个红果子的犬蔷薇枝飞到他们的头领黑旋风那里,请他吃。但是黑旋风对此根本不感兴趣,迟钝儿只好失望地将犬蔷薇枝扔到一边。但是男孩子却毫不迟疑地抓起树枝,心满意足地吃了个够。

过了不多一会儿,乌鸦们又开始起程飞行了。当乌鸦们到达那片大荒漠时,虽然太阳已经落山了,但天依然像白昼一样明亮。迟钝儿把尼尔斯·豪格尔森放进一个沙坑的底部。男孩子翻身落地，滚到一边，躺在那里一动也不动。

"起来，大拇指，"黑旋风命令道，"把这个罐子盖打开！"

"你为什么不让我睡觉？"男孩子说，"我实在太累了，今晚什么也不想干。等到明天再说吧！"

"把瓦罐盖打开！"黑旋风边说边摇晃着他，这时男孩子坐起来，仔细端详那个瓦罐。

"我怎么能够打开这样一个瓦罐呢？这瓦罐简直和我一般大。"

"打开，"黑旋风再次命令道，"否则对你没有好处！"

男孩子站起身来，踉踉跄跄地走到瓦罐跟前，在盖子上胡乱摸了几下，又说道："只要你们让我睡到明天早晨，我想我一定有办法把盖子打开。"

但是黑旋风已经不耐烦了，他冲上前去，对着男孩子的腿就啄。男孩子不能容忍一只乌鸦这样对待他，他猛地挣脱对方，迅速向后退了两三步，从刀鞘里抽出小刀对准了前方。

黑旋风也极为恼火，像一个什么也看不见的瞎子那样向男孩子飞冲过去，结果正好撞在刀口上，刀子从眼睛插进了他的脑袋。男孩子立即抽回了刀子，而黑旋风一扑翅膀倒在地上死了。

乌鸦们看见男孩子杀死了他们的头领，顿时乱作一团。他们叫喊着飞扑向尼尔斯。迟钝儿在最前头，他只是扑打着翅膀，用翅膀盖住男孩子。

男孩子不能从乌鸦群中逃走，也没有地方藏身。他突然想起了瓦罐。他紧紧抓住盖子一掀，盖子打开了。他纵身一跃，跳进瓦罐，可是瓦罐里边装满了薄薄的小银币，他躲不进去。于是他急中生智，捡起银币往外扔。

乌鸦们本来密密麻麻地围着他飞并且想啄他，但是他们看到银币后就立刻把他丢开，急急忙忙地去捡拾银币。男孩子把所有的银币都抛出来之后，探出头来往外一看，发现沙坑里只剩下一只乌鸦，那就是翅膀上长着一根白羽毛、把他背到这里来的迟钝儿。

"你帮了我一个你自己料想不到的大忙，大拇指。"迟钝儿说道，"因此，我想救你的命。坐在我的背上，我要把你带到一个地方躲藏起来，这样你今天夜里就安全了。明天我再想办法让你回到大雁那里去。"

第二天早晨,男孩子醒来时躺在一张床上。当他看到他是在一栋四周有墙、上面有房顶的屋子里时,他还以为是躺在自己的家里呢,但是很快他就想起他是在乌鸦山上一栋被人遗弃的房子里,是身上长着一根白羽毛的乌鸦——迟钝儿把他背到这里来的。

男孩子环顾四周,不禁想知道这栋房子的主人是谁,为什么要把房子遗弃。看样子以前住在这栋房子里的人还是打算回来的,因为咖啡壶和煮粥的锅还放在炉子上,炉子里还有一些木柴,窗子上方的木架上还放着线团、一支蜡烛和一盒火柴等等。

男孩子发现有几块干面包挂在铁钩上,十分高兴。虽然面包已经发霉了,但毕竟还是面包。他用烤面包的铲子敲了一下,有一块面包掉了下来。他一边吃,一边把他的口袋装得满满的。

"咳,我到现在才来,真对不起,"迟钝儿落在桌子上说,"我没有准时来,那是因为今天我们乌鸦选举新的头领。"

"那你们选举谁啦?"男孩子问道。

"嗯,我们选了一只不允许进行掠夺和从事不法活动的乌鸦。他就是现在站在你面前的过去被称为迟钝儿的白羽卡尔木。"他回答道。

"这是一个绝好的选择，祝贺你。"尼尔斯说道。

正在这时，男孩子听到狐狸斯密尔在窗外问一只乌鸦尼尔斯是不是在屋子里面。

"小心，大拇指！"卡尔木喊道，"狐狸正站在窗外想要吃掉你。"

他还没有来得及多说一句，狐狸斯密尔已经朝窗子猛冲过来，把窗棂子撞断，站到了窗子下的桌子上，一口咬死了白羽卡尔木。然后他又跳到地上，四处寻找男孩子。男孩子明白，在那么矮小的房子里狐狸可以毫不费力地把他抓到。他迅速划亮了一根火柴，点燃了线团，把烧着火的线团扔到狐狸斯密尔的身上。狐狸看到火，惊恐万分，发疯似的冲出了屋子。

男孩子没有被狐狸抓住，逃过了一劫，但是却陷入了一场更大的灾难中，因为线团上的火焰蔓延到了帐子上，大火已开始熊熊燃烧起来了。整个小屋霎时充满了浓烟，男孩子听到狐狸在窗子外面高兴地大喊道："好啊，大拇指，你是在里边让火活活烧死呢，还是出来让我吃掉？"

这时男孩子听见钥匙转动锁眼的声音,肯定是有人来了。在这极度困难的处境中,他感到的不是害怕而是高兴。当房门被打开的时候,他早已站在门槛上了。他看见两个孩子正面对着他,他赶紧擦身而过,跑到了门外。他转过头想看看这两个孩子究竟是什么样的,但是看了还不到一秒钟就高兴地朝他们跑过去并且喊道:"喂,你好,放鹅姑娘奥萨!喂,你好,小马茨!"

这两个孩子是尼尔斯的小伙伴。去年夏天,他在家乡附近的一个农户家当放鹅娃的时候,天天能遇上这两个从斯莫兰来的孩子,他们也是放鹅的。奥萨是姐姐,小马茨是她的弟弟。小马茨还给他讲了上帝怎样创造斯莫兰的传说,惹得尼尔斯大为恼火。

当尼尔斯看见这两个小伙伴的时候,他完全忘记了自己是在什么地方,也忘记了自己是什么模样,还以为自己仍像过去那样,在一块已收割完庄稼的田野上,放着一大群鹅,而在他旁边的一块地里,也正是这两个孩子在放鹅。因此,他一看见他们便跑上前去喊道:"喂,你好,放鹅姑娘奥萨!喂,你好,小马茨!"

但是,当这两个孩子看见这么小的一个家伙伸着双手向他们跑来时,吓得魂不附体,倒退了几步。

男孩子察觉到了他们的恐惧表情,他猛然醒悟了过来,想起了自己是个什么样的人。他认为自己变成小精灵的模样给小伙伴们看见简直是糟糕透顶了。不再是正常人的羞愧和悲痛压倒了他,他扭头就跑。当他跑到荒野上时,白雄鹅在小灰雁邓芬的陪伴下正朝他这边飞来。白雄鹅一看到男孩子就飞速地把他放在自己的背上,带着他飞走了。

老农妇

三个疲惫不堪的旅行者在一个晚上较晚的时候还在外面寻找过夜的地方,他们是大雄鹅、小灰雁和男孩子尼尔斯。他们现在是在斯莫兰北部一个贫瘠、荒芜的地方,但是他们想找的那种休息的地方应该还是找得到的,不管是山峰还是湖面,只要是狐狸上不去的地方,他们就认为是一个睡觉的好地方。可惜的是这里没有既高又陡的山峰,湖面上的冰又与湖岸相连着,狐狸很容易找到他们。三个旅行者找到太阳落山以后仍然没有找到,其中的两位旅行者已经困得不行了,似乎随时都会倒在地上睡过去。

天黑了,而且黑得伸手不见五指,他们终于走到了一个远离邻舍独居一处的农庄。它不但位置偏僻,而且完全不像有人居住的样子:烟囱里不冒烟,窗户里没有透出任何亮光。这三个旅行者就往这个农庄走去,看来找不到比这更好的地方了。

没过多久,三个旅行者都已经站在农庄的院子里了。他们朝四周张望,想找个能避风挡雨的地方。这个农庄很大,除了住房,还有马厩、牛棚、干草棚、库房和农具储藏室,但看起来却十分寒酸和破败。他们来到牛棚门口,屋门没有上锁,只是用一个铁钩挂着,男孩子用一根棍子把门拨弄开,三个旅行者往里走了进去。当屋门吱呀一声打开的时候,男孩子却听到一头母牛哞哞地叫了起来:"你终于来了吗,女主人?"她说,"我还以为你今晚不给我吃饭了呢。"

男孩子发现牛棚并未空着的时候,停在门口,完全惊呆了。但他很快就看清,里面只有一头母牛和三只鸡,于是他便鼓起了勇气。

"我们是三个可怜的旅行者,想找个狐狸偷袭不着、人抓不到的地方过夜。"他说道,"不知道这里对我们合适不合适。"

"我觉得再合适不过了。"母牛说,"说实话,墙壁是有点破,但狐狸还不至于胆敢钻进来。这里除一位老太太外,没有别人,而她是绝不会来抓人的。可是,你们到底是什么人?"她继续问道。

"我叫尼尔斯·豪格尔森,家住西威曼豪格,被施妖术变成了小精灵。"男孩子回答道,"随我同来的还有我经常乘骑的一只家鹅,叫莫顿,另外还有一只小灰雁,叫邓芬。"

"欢迎你们到这里来。"母牛说道。

男孩子把雄鹅和小灰雁安置在一个牛栏里让他们睡觉,然后用干草为自己铺了一个小床,希望自己也能很快入睡。

但他怎么也睡不着,他躺在那里回想起最近几天发生在他身上的一件件事。他想起了放鹅姑娘奥萨和小马茨,他想他点火烧着的那间小屋一定是他们在斯莫兰的老家。他给他们造成的巨大损失,一定使他们十分悲痛,他心里感到非常难过。他又想到了曾经救了他的性命,却给狐狸咬死的乌鸦迟钝儿,不禁万分悲痛,流下了眼泪。男孩子还想到雄鹅曾经对他说过,大雁们一发现大拇指失踪,就向森林里所有的小动物打听他的下落,决定两人一组兵分数路,出去寻找他。他们约好,两天之后在一个名叫塔山的山峰上会合。白雄鹅选择了小灰雁邓芬作为他的旅行伙伴,他们向鹧鸟打听,又请斑鸠和野鸭指路,就这样一直追踪到索耐尔布县的荒漠。男孩子觉得在过去几天里,他确实吃了不少苦头,不幸中的万幸是雄鹅和邓芬终于找到了他。

他想着想着突然听到母牛同他说起话来了。

"没有人为我挤奶,也没有人为我刷毛。我的槽里也没有过夜的饲料。"母牛说道,"我的女主人黄昏时曾来过,但是她病得很厉害,来后不久就又回屋去了。"

"我可以解开你的缰绳,为你打开牛棚门,你可以走出去,到院子里的水坑中喝点水,"男孩子说,"我再想办法搞些草料放到你的槽里。"

"好吧,那总算是对我的一种帮助。"母牛说。

男孩子做好了这些事后想爬进草堆睡觉。他还没有躺下,母牛又开始说话了。

"如果我再求你为我做一件事,你就会对我不耐烦了吧?"母牛说。

"哦,不,我不会的,只要是我能够办到的事。"男孩子说。

"那么我请求你到对面的小屋去一趟,去看看我的女主人到底怎么样了。我担心她发生了什么不幸。"

"不!这件事我可办不了,"男孩子说,"我不敢在人的面前露面。"

"你总不至于会怕一位年老而又病魔缠身的老妇人

吧?"母牛说,"你用不着进到屋子里边去,只要站在门外,从门缝里瞧一瞧就行了。"

"噢,如果就是这样的话,那我是可以去的。"男孩子说。

说完,他便打开牛棚门,往小屋走去。他到了小屋门前,向里面一看,就吃了一惊,赶紧把头缩了回来。一位头发灰白、脸色惨白的老妇人直挺挺地躺在地板上。男孩子想起他外祖父去世的时候,脸色也是这样惨白。他立刻明白,那位老妇人肯定是死了。他想到这里,吓得魂不附体,赶紧一口气跑回了牛棚。

他把屋里看到的情况告诉了母牛,她听后停止了吃草。

"这么说,我的女主人死了。"她说。过了一会儿,她又问道:"她是躺在光秃秃的地板上吗?"

"是的。"男孩子说。

"最近几天,她总是说她担心死的时候没有人在她的身边,担心没有人为她合上眼睛,没有人将她的双手交叉着放在胸前,她为此而一直焦虑不安。"她说,"也许你能进去为她做这些事,行吗?"

男孩子犹豫不决。母牛看他没有回答,也不再提这个要求,而是向男孩子讲起了她的女主人和这个农庄。

这个农庄原本不像现在这样贫穷、寒酸和败落。农庄面积很大,尽管绝大部分土地是沼泽和多石的荒地,耕地不多,但是到处都是茂盛的牧草。牛棚里母牛、公牛满圈。孩子们每天都到牛棚来,夏天赶着牲口到草地上去放牧。孩子们个个活泼可爱,吃苦耐劳。女主人来牛棚的时候,嘴里总是哼着唱着,屋子里和牛棚里都充满了生机和欢乐。

但是,在孩子们都还很小,一点儿忙也帮不了的时候,男主人却去世了,女主人不得不独自挑起一切担子,她既要管理农庄,又要耕种收割。到了晚上,她还要到牛棚为母牛挤奶,她有时累得竟哭了起来。但是一想起孩子们她又高兴起来,抹掉眼里的泪水说:"这算不了什么,只要我的孩子们长大成人,我就有好日子过了。"

但是,孩子们长大以后却远涉重洋,跑到异国他乡去了,没有给母亲任何帮助。有几个孩子还把自己的孩子留在家里让母亲来照看。那些孩子天天跟着她到牛棚来,帮着照料牛群,他们都是懂事的好孩子。到了晚上,女主人累得有时一边挤牛奶一边打瞌睡,但是只要一想起他们,她就会立刻振作起精神来,自言自语地说:"只要他们长大了,我也就有好日子过了。"

但是那些孩子长大以后，就到他们在国外的父母亲那里去了，没有一个回来，也没有一个留在老家，只剩下女主人孤零零一个人待在农庄上。当最后一个小孙子离她而去之后，她完全垮了，背也驼了，头发也灰白了，没有力气来回走动了。她不再干活儿，无心管理农庄，任其荒芜。既然自己的孩子没有一个愿意回来接管农庄，就让农庄荒着吧。她并不在乎自己变穷，但是却怕孩子们知道她正过着贫穷的生活。她常常唠叨说："只要孩子们没有听到这些情况就好！你看，大红牛，如果这里是大片富饶的土地，而不是贫瘠的沼泽地，那么孩子们就没有必要离开这里了。"

男孩子听到这里，推开牛棚的门，穿过院子朝小屋走去。屋子里并不像他所想象的那样破烂不堪。里面有不少从美国邮来的东西。墙上挂着精致的雕花镜框，里边放着离开家乡、出门在外的孩子们和孙儿们的照片。橱柜上摆着大花瓶和一对烛台，上面插着两根很粗的螺旋形蜡烛。

男孩子找到了一盒火柴，点燃了蜡烛。然后，走到死者跟前，合上了她的双眼，将她的双手交叉着放在胸前，又把她披散在脸上的银发整理好。

他再也不觉得害怕了。他从内心里为她不得不在孤寂和对孩子们的思念中度过晚年,而深深地感到难过和哀伤。他突然想起了自己的父亲和母亲。

尼尔斯坐在那里,几乎整夜没有睡觉,但是快到凌晨的时候,他睡着了,梦见了他的父亲和母亲。他们变得头发灰白,脸上布满了皱纹。他问他们怎么会变成这个样子,他们回答说,他们变得这样苍老,是因为他们太想念他了。他为此既感动又震惊,因为他原先一直以为,他们能摆脱他只会感到高兴。

当男孩子醒来时,已经是早晨了。他自己先在屋里找了点儿面包吃,然后给雄鹅和母牛喂了早食,接着又把牛棚的门打开,让牛能出来到邻近的农庄上去。邻居们看到母牛单独在外面,就会赶来看望老妇人,就会发现她的尸体并把她安葬。男孩子安排好了这一切之后,便骑上大白鹅和小灰雁一起飞上了天空。

他们飞了不久就望见一座山顶平坦的高山,这就是他们要和大雁会合的塔山。阿卡和其他大雁早已站在塔山顶上等候着他们。当他们看到雄鹅和小灰雁终于找到大拇指时,雁群立即爆发出欢乐的鸣叫声。

大雁群欢天喜地地向前飞去。他们一路上高声呼叫，大声喧闹。在这美丽晴朗的春天早晨，最先看见大雁的是塔山的矿工，有一个矿工停止了挖矿，向大雁们欢快地高声喊道："你们要去哪里？你们要去哪里？"

大雁们没有听懂他说的话，但是男孩子从白雄鹅的背上探下身子，替他们回答道："我们要到既没有镐也没有锤的地方去。"

这个矿工听到这些回话，吃惊地抬头仰望天空。他认为自己能听懂大雁的话是因为他自己有这样的愿望。

大雁们继续往前飞，飞过一座大的火柴厂。一个女工手里拿着一个大火柴盒，身子从一扇窗户里探出来愉快地喊道："你们要去哪里？你们要去哪里？"

"我们要到既不需要灯光也用不着火柴的地方去！"男孩子说。

大雁们飞过学校，整个校园里的孩子们听到大雁的叫声时便喊道："你们要到哪里去？你们要到哪里去？"

"我们要到既找不到书本也没有作业的地方去！"男孩子又回答说。男孩子在这个明媚的春天早晨，情绪特别高涨，心情非常愉快。

美丽的花园

大雁们朝北飞过瑟姆兰省。男孩子骑在鹅背上俯视下面的景色,自己遐想起来,他觉得这里的景色同他早先见到的地方不同。这个省里没有像斯康耐省和东耶特兰省那样一望无际的原野,也没有像斯莫兰省那样连绵不绝的森林地带,而是七拼八凑,杂乱无章。"这个地方似乎是把一个大湖、一条大河、一座大森林和一座大山统统剁成碎块,然后再拌一拌,就这么乱七八糟地摊在地上。"男孩子这样想道,因为他看见的全是小小的峡谷、小小的湖泊、小小的山丘和小小的丛林。没有哪样东西是像模像样地摊开摆好的,只要哪块平原稍微开阔一些,就会有一个丘陵挡住它的去路。倘若哪个丘陵要蜿蜒延伸成一条山脉,就会被平原截断抹平。一个湖泊刚刚展开一些就马上被变成一条窄窄的河流,而河流刚流得不太远就又开阔起来变成了一个小湖。大雁们飞到离海岸很近的地方,男孩子能够一眼望见大海。他看到,甚至连大海也不能把辽阔的海面铺开摊好,而是被许许多多的岛屿分割得狼藉不堪,而那些海岛却没有一个长足变大就被海洋围住了。地面上的景色扑朔迷离,变幻莫测,忽而针叶林,忽而阔叶林;耕地旁边就是沼泽地,贵族庄园毗邻着农舍。

房屋前面一个人都没有,田地里也没有人在干活儿,可是大路小径上行人络绎不断。他们从考尔莫顿丛林地带的农舍里走出来,身穿黑色衣裳,手持书本和手帕。"唔,今天大概是星期日。"男孩子想道,便骑在鹅背上,饶有兴味地注视起这些上教堂去的人们。在两三个地方,他看到坐着车到教堂去结婚的新婚夫妇,身边前呼后拥跟着一大群人;在另外一个地方,他看到一支殡葬队伍,寂静悲哀地在路上缓缓行走。他看到贵族人家的华丽马车、农民的四轮大车,也看到湖里舟楫徐驶,全都朝教堂进发。

男孩子骑在鹅背上飞过了比尔克岬湾教堂,又飞过了贝特奈教堂、布拉克斯塔教堂和瓦德斯桥教堂,然后飞向舍丁厄教堂和佛罗达教堂。一路上经过的地方都是教堂钟声长鸣,钟声响彻九霄,嘹亮悦耳,余音如缕,不绝于耳,整个朗朗晴空似乎都充满了铿锵悠扬的钟声。

"唔，看来有一件事情是可以放心的，"男孩子想道，"那就是在这块土地上，无论我走到哪里，都可以听得到这响亮的钟声。"他想到这里精神为之一振，心里也踏实多了，因为尽管他如今正过着另外一个世界的生活，但只要教堂钟声用它那铿锵洪亮的嗓音在召唤他回来，他就不会迷失方向。

他们飞进了瑟姆兰很长一段路之后，男孩子忽然看见地面上有个黑点在紧紧追逐他们投下的影子。他起初以为那是一条狗，若不是那个黑点一直紧随不舍跟着他们，他就不会去留神他。那个黑点急匆匆奔过开阔地，穿过森林，纵跳过壕沟，爬过农庄围墙，大有不让任何东西阻挡他前进的势头。

"看样子大概是狐狸斯密尔又追上来了。"男孩子说道，"不过无论如何，我们飞得快，很快就会把他抛在后面的。"

听了这句话之后，大雁们便用足力气以最高速度飞行，而且只要狐狸还在视野之内就不减缓速度。当狐狸再也不能看见他们的时候，大雁们蓦地掉转身来拐了一个大弯朝西南飞去，几乎像是他们打算飞回到东耶特兰省去。"不管怎么说，那想必是狐狸斯密尔，"男孩子想道，"因为连阿卡都绕道改变了方向，走了另外一条路线。"

那一天傍晚时分，大雁飞过瑟姆兰省的一个名叫大尤尔屿的古老庄园。这幢宏伟壮观的高大住宅四周有枝繁叶茂的树木环抱,四周是景色优美的园林。在住宅前面是大尤尔屿湖,湖里岬角众多,岸上土丘起伏。这个庄园的外观古朴庄重,令人倾倒。男孩子从庄园上空飞过时,不由得叹了一口气,而且纳闷起来:在经过一天飞行劳累之后,不是栖息在潮湿的沼泽地或者浮冰上,而是在这样一个地方过夜,这滋味究竟如何?

可是这只是一种可望而不可即的想法而已。大雁们并没有在那座庄园降落,而是落在庄园北面的一块林间草地上。那里地面上蓄满了积水,只有三三两两的草墩露在水面上。那地方几乎是男孩子在这次长途旅行中碰到的最糟糕的过夜之地。

他在雄鹅背上又坐了半响,不知道该怎么办才好。后来他连蹿带蹦从一个草墩跳到另一个草墩,一直跑到坚实的土地上,并且朝着那座古老的庄园方向奔过去。

那天晚上,在大尤尔屿庄园的一家佃农农舍里,有几个人恰好围坐在炉火旁边聊天。他们天南海北无所不谈,讲到了教堂里布道的情况,开春时田地里的活计和天气的好坏,等等。到了后来找不出更多话题而静默下来的时候,佃农的老奶奶讲起了鬼故事。

大家知道，在这个国度里，别处没有一个地方像瑟姆兰省那样有那么多的大庄园和鬼故事啦。那个老奶奶年轻的时候曾经在许多大户人家当过女佣，见识过许多稀奇古怪的事情，所以她可以滔滔不绝地从晚上一直讲到天亮。她讲得那样绘声绘色、活灵活现，大家都听得入神，几乎以为她讲的都是真人真事了。她讲着讲着，蓦地收住话头，问大家是不是听到了窸窸窣窣的声响，于是大家都惊恐得打了一个寒噤。"你们难道真的没有听到动静？有个东西在屋子里转来转去。"她诡谲地说道。可是，大家什么也没有听出来。

老奶奶一口气讲了埃立克斯伯格、维比霍尔姆、尤里塔和拉格曼屿以及其他许多地方的故事。有人问有没有听说过大尤尔屿也发生过这类怪事。"噢，是呀，不是一点儿没有。"老奶奶说道。大家马上就想听听他们自己庄园里发生过什么怪事。

于是老奶奶娓娓道来。她说，从前在大尤尔屿北面的一个山坡上坐落着一幢宅邸。那山坡上长满了参天古树，而宅邸前面是一个很美丽的花园。那时有个名叫卡尔先生的人主管着瑟姆兰省，他有一回路过这里，住在那幢宅邸里。他吃饱喝足之后就走进花园里，在那里伫立了很久，观赏大尤尔屿湖和湖岸一带美丽的湖光山色。他看得心旷神怡，心想这般美景除瑟姆兰之外在别的地方岂能看到，就在这时候，他听得身后有人深深长叹一声。他回过头来一看，是个上了年纪的打散工的雇工，双手倚着铁锹站着。"是你在这儿长吁短叹？"卡尔先生问道，"你为什么要叹气？"

"我这样日日夜夜在这里拼命干活，哪能不叹气呀？"那个雇工回答说。

卡尔先生脾气暴戾，不喜欢听手底下人叫苦抱怨。"嘿，要是我能够来到瑟姆兰省，在我有生之年一直干刨土地的活计，我也就心满意足了。"

"那么但愿大人您能如愿以偿。"那个雇工回答说。

后来人们说，卡尔先生就是因为许了这个愿，结果死后埋葬入土了都不得安宁，他每天晚上都要以幽灵的身份出现，到大尤尔屿去，在他的花园里挥锹刨土。是呀，如今宅邸早就没有啦，花园也没有啦。在那边早先是宅邸花园的地方，现在是长满森林的山坡地，平平常常，和别处没有什么两样。可要是有人在漆黑的深夜从森林里走过的话，他碰巧还能看到那个花园。

老奶奶讲到这里，停住了话音，眼睛瞄向屋里的一个晦暗角落。"难道那边不是有个东西在动吗？"她大惊小怪地问道。

"噢，不是的，妈妈，您只管往下讲吧！"儿媳妇说道，"我昨天看见，老鼠在那角落里打了个大洞。我手上要做的事情太多，忘掉把它堵上了。您说说有人看见那座花园没有。"

"好啊，我讲给你听，"老奶奶说道，"我自己的父亲就曾经亲眼看见过一回。有一年夏天夜里，他步行穿过森林，蓦地看见身边有一堵很高的花园围墙，而且从围墙上看过去还可隐隐约约见到不少最为名贵的树木，那些树上繁花和硕果把枝条压得垂到墙外。父亲放慢脚步走过去，想看看这个花园究竟是从哪里冒出来的。这时候，围墙上突然有一扇大门豁然打开了，一个园丁出来问他想不想见识见识他的花园。那个人就像其他园丁一样，身上扎着大围裙，手里拿着大铁锹。父亲正要跟着园丁走进去的时候，瞅了一下他的脸。父亲一下认出了蓬松在前额上的那绺鬈发和一撮山羊胡子。那不是别人，正是卡尔先生，因为父亲曾经在他受雇干活的那些大庄园里看到家家都挂着他的肖像画……"

讲到这里话头又刹住了。那是因为炉火里有根柴火发出了噼啪声，火苗蹿得很高，火星溅到了地板上。片刻间，屋里所有的角落都被映得通亮。老奶奶似乎觉得自己看到老鼠洞旁边有个小人儿的影子了，他坐在那里出神地听她讲故事，这一刹那又慌张地躲闪开了。

儿媳妇拿起扫帚和铁铲，把地上的木炭碎块收拾干净，重新坐下来。"您再说下去吧，妈妈。"她央求道。可是老奶奶却不愿意了。"今天晚上就讲到这里算啦。"她说道，她的声音有点变了样。别人也还想听下去，不过儿媳妇却看出来，老奶奶脸色发白，双手颤抖不已。"算了吧，妈妈太劳累了，必须去睡觉了。"她解围说道。

片刻之后，男孩子走回森林去寻找大雁。他一边走，一边啃着一根在地窖外面找到的胡萝卜。他觉得简直是吃了一顿甘美可口的晚饭，而且对于能够在暖融融的小屋里坐了几小时感到心满意足。"要是再能够有个好地方过夜，那该有多好啊。"他得寸进尺地想道。

他忽然灵机一动，想到路边那棵枝叶繁茂的云杉树岂不是一个非常好的睡觉地方。于是他爬上去用细小的枝条垫成一张铺，这样他就可以睡觉了。

他躺在那里大半晌工夫，心里惦念着他在小屋里听见的那个故事，尤其是想到在大尤尔屿森林里到处游荡的幽灵卡尔先生，不过他很快就进入了梦乡。若不是有一扇大铁门在他身底下吱嘎吱嘎地发出开关之声的话，他本来是可以一觉睡到大天亮的。

男孩子马上就醒了过来，他揉揉眼睛使得睡意消失，然后举目四顾。就在他身旁，有一堵一人高的围墙，围墙上隐隐约约露出被累累硕果压弯了的果树。

他起初只感觉惊奇，只觉得不可思议，方才他睡觉之前这里分明没果树。可是过了一会儿，他想起来了，而且明白过来那是一座什么样的花园了。

说来奇怪，他竟然一点儿也不觉得害怕，反而有一股形容不出的强烈兴致想到那座花园里去逛逛。他躺在杉树上的这一边又黑暗又阴冷，可是花园里却一片明亮，他看到树上的果子和地上的玫瑰在烈日骄阳下晒得似火焰一般红艳一片。他已经栉风沐雨，在严寒和雷雨中游荡了那么久，能够享受到一点点夏日的温暖，那简直是再好不过了。

要走进这个花园看起来丝毫也不困难。紧靠着男孩子睡觉的那棵杉树的高墙上有个大门。一个年纪很大的园丁刚刚把两扇铁栅大门打开，站在门口探头朝着森林张望，好像在等待某人到来。

男孩子一骨碌从树上爬下来。他把小尖帽拿在手里，趋身向前走到园丁面前鞠了一个躬，并且问可不可以到花园里去逛逛。

"行呀，可以进去，"园丁用粗暴的腔调说道，"你只管进去好啦！"

他随手把铁栅门关紧，用一把很重的钥匙把门锁死，然后将那把钥匙挂在自己腰带上。在这一段时间内，男孩子站在那里一直仔细地瞧着他。他面孔呆板，毫无表情，唇髭浓密，颏下一撮尖尖的山羊胡子，鼻子也是尖尖的，如果他身上不系着蓝色大围裙，手里不拿着铁锹，男孩子准保会把他看成是一个年纪很大的卫兵。

园丁大步流星地朝着园子里面走去，男孩子不得不奔跑着才能跟得上他。他们走上一条很窄的甬道，男孩子被挤得踩到了草地边沿上，于是园丁就立即申斥，吩咐不准把草踩倒，然后男孩子只好跟在园丁背后跑。

男孩子觉察出来，那个园丁似乎在想，带领像他这么个小不点儿去观赏花园不免过于降尊纡贵，有失身份，所以他什么都不敢问，只是一个劲儿地跟在园丁后面奔跑。有时园丁头也不回地对他说一两句话。刚进到离围墙不远处,有一排茂密的灌木树篱,他们走过去的时候,园丁说他把这行灌木树篱叫作考尔莫顿大森林。"不错,这树丛那么大,倒是名副其实的。"男孩子回答说,可是园丁根本没有理会他在说些什么。

他们走过灌木丛之后,男孩子放眼望去,可以看到大半个园子。他立刻看出来,这个花园并不是很大,方圆只有几英亩[1],南面和西面有那堵高围墙环绕,北面和东面临水傍湖,所以用不着围墙。

园丁停下脚步去捆扎一根茎梗,男孩子这才有时间环视四周。他从小到现在没有见到过多少花园,不过他觉得这个花园别具一格,与众不同。它的布局是因循守旧的,因为在这样一个狭小地方,林林总总堆砌着许许多多的低矮土丘、小巧玲珑的花坛、矮小的灌木树篱、狭小的草坪和小巧的凉亭,这是现时花园里所不大见到的。还有,他在这里随处可见的小池塘和蜿蜒曲折的小水沟也是在别处见不到的。

到处是郁郁葱葱的名树佳木和争妍斗艳的鲜花。小水沟

---

[1] 英亩,英制面积单位。1英亩=4046.86平方米。

里绿水盈盈，波光粼粼。男孩子觉得自己恍如进入了一个天堂。他不禁拍起手来，放声喊道："我从来没有看过这样美丽的地方！这是一个什么样的花园呀！"

他呼喊的声音很响，园丁马上转过身来用冷若冰霜的腔调说道："这座花园名叫瑟姆兰花园。你这个人是怎么回事，竟然这样孤闻寡识？这座花园历来都称得上是全国最美丽的花园。"

男孩子听到回答后沉思了片刻，可是他要看的东西太多，来不及想出这句话的意思。各色各样的名花异卉、千回万转的清清溪流，使得这块地方美不胜收。然而还有不少别的玩意儿使得男孩子更加兴致勃勃，那就是花园里点缀着许多小巧玲珑的凉亭和玩具小屋。它们多得俯拾皆是，尤其在小池塘和小水沟旁边。它们并不是真正可以供人憩息的屋子，而是小得似乎是专门为大小跟他差不多的人建造的，精致优美得让人难以想象，建筑式样也是别具匠心、瑰丽多姿的。有些设有高耸的尖顶和两侧偏屋，俨如宫殿，有的样子像是教堂，也有的是磨坊和农舍。

那些小房子一幢幢都美轮美奂，男孩子真想停下脚步仔细观赏一番，可是他却没有胆量这样做，只好脚不停步紧紧跟着园丁走。走了不多时,他们来到一幢宅邸,那幢华厦巍峨宏大,气派非凡,远远胜过他们方才所见到的任何一幢房子。宅邸有三层楼高,屋前有山墙屏障,两侧偏屋环抱。它居高临下,坐落在一座土丘的正中央,四周是花木葱茏的大草地。在通往这幢宅邸的道路上,溪流七回八绕,一座座美丽的小桥横跨流水,相映成趣。

男孩子不敢做其他的事情,只好规规矩矩跟着园丁走,他走过那么多好看的地方,都不能够停下来浏览观赏,不免重重地叹了一口气。那个严厉的园丁听见了就停下脚步。"这幢房子我给它命名为埃里克斯山庄,"他说道,"要是想进去,你不妨进去。不过要小心,千万不许惹恼平托巴夫人[1]!"

话音刚落,男孩子就像脱缰之马朝那边直奔过去。他穿过两旁树木依依的通道,走过那些可爱的小桥,踩过鲜花漫布的草地,走进了那幢房子的大门。那里的一切对于像他这样大小的人来说是最合适不过的了。台阶既不太高也不太矮。门锁高矮也很适中,他可以够得上打开每一把门锁。倘

---

[1] 平托巴夫人,瑞典民间传说中因对用人过于苛刻而被罚入地狱的贵族夫人,此处系指鬼魂。

若不是亲眼看见,他怎么也不会相信,他能看到那么多瑰丽夺目的贵重东西。打蜡的橡木地板锃光发亮,条纹鲜明。石膏刷白的天花板上镂刻着各色图案。四面墙壁上挂满了一幅幅的画。屋里的桌椅家什都是描金的腿脚和丝绸的衬面。他看到有些房间里满架满柜都是书,又看到另一间房间里桌上和柜子里都是光华闪闪的珠宝。

无论他怎样尽力飞奔,他仍旧连那幢房子的一半都没有来得及看完。他出来的时候,那个园丁已经不耐烦地咬着胡子尖了。

"喂,怎么样?"园丁问道,"你看见平托巴夫人了没有?"可是男孩子偏偏连个大活人的影子都没有见到过。他这样回答了,园丁气得脸都扭歪了。"唉,连平托巴夫人都可以休息,而偏偏我却不能!"他吼叫道。男孩子从来也不曾想到过男人的嗓音竟能发出这般颤抖的绝望的呼声。

随后园丁又迈开大步走在前头,男孩子奔跑着跟在后面,设法尽量多看一些奇异景致。他们沿着一个要比其他几个略为大一些的水塘往前走。灌木丛中和鲜花丛中随处显露出像是贵族庄园的精舍一般的白色亭台楼阁,园丁并未停下脚步,只是偶尔头也不回地对男孩子说上一句半句。"我把这个池塘叫作英阿伦湖,那边是丹比霍尔姆庄园,那边是哈格比贝庄园,那边是胡佛斯塔庄园,那边是奥格莱屿庄园。"

园丁接着连迈了几大步,来到一个小池塘前,他把这个池塘叫作博文湖。男孩子情不自禁地发出一声赞叹,园丁便停住了脚步。男孩子怔呆呆地站在一座小桥前面,那座桥通到池塘中央一个岛上的一座宅邸。

"倘若你有兴趣的话,你可以跑到维比霍尔姆宅邸里去观光一番,"他说道,"不过千万小心白衣女神[1]!"

男孩子马上照吩咐走了进去。屋里墙上挂着许多肖像画,他觉得那屋子简直像一本很大的图画册。他待在那里流连忘返,真想整个晚上都在那里浏览这些图画。可是过了没多久,就听得园丁在唤他。

"出来!出来!"他大声呼喊着,"我不能光在这里等你,我还有别的事情要做哩!你这个小倒霉鬼。"

男孩子刚刚奔到桥上,园丁就朝他喊道:"喂,怎么样,你看到白衣女神了吗?"

男孩子却连一个活人影子都没有见到,于是他如实说

---

[1] 白衣女神,即本族祖先显灵的鬼魅,往往在有人不幸身亡之前出现,是死亡的先兆。

了。没想到,那个老园丁把铁锹狠命往一块石头上一砍,石块被一劈两半,他还用绝望到极点的深沉的声音吼叫道:"连白衣女神都可以休息,而偏偏我却不能!"

直到方才,他们还一直在花园的南边漫游,园丁现在朝西边走去。这里的布局别具一格。土地修整得平平整整,大片草坪相连,间杂着种草莓、种白菜的田地和醋栗树丛。那里也有小凉亭和玩具屋,不过漆成赭红色,这样更像农舍,而且屋前屋后还种着啤酒花和樱桃树。

园丁站在这里停留了片刻,并且对男孩子说道:"这个地方我把它叫作葡萄地。"

随后他又用手指着一幢要比其他房子简陋得多,很像铁匠铺的房子。"这是一个制造农具的大作坊,"他说道,"我把它叫作埃斯格斯托纳[1]。倘若你有兴致,不妨进去看看。"

男孩子走进去一看,但见许许多多轮子滚滚转动,许许多多铁锤在锤打锻造,许许多多车床在飞快地切削。倒也有许许多多东西值得一看。他本可以在那里待上整整一夜,倘若不是园丁连声催促的话。

---

[1] 埃斯格斯托纳,瑞典地名,为钢铁制造业中心之一。

随后他们顺着一个湖朝花园的北部走过去。湖岸曲曲弯弯，岬角和滩湾犬牙交错，整个花园这一边的湖岸全都是岬角和滩湾，岬角外面是许多很小的岛屿，同陆地有狭窄的一水之隔。那些小岛也是属于花园的，岛上也同其他地方一样精心种植了许多奇花异草。

男孩子走过一处处美景胜地，可是不能停下来细细观赏，一直走到一个气派十足的赭红色教堂门前才停下脚步。教堂坐落在一个岬角上，四周浓荫掩映，硕果累累。园丁仍想往前面走过去，男孩子大着胆子央求进去看看。"唔，可以，进去吧，"园丁回答说，"可是要小心罗吉主教[1]！他至今仍旧在斯特伦耐斯这一带游荡。"

男孩子奔进教堂，观看了古老的墓碑和精美的祭坛神龛。他尤其对前厅偏屋里的一尊披盔挂甲的镀金骑士塑像赞叹不已。这里要看的东西也有许许多多，他本可以待上整整一夜，不过他必须匆匆看了就走，免得园丁等候太久。

他走出来的时候，看到园丁正在监视着空中的一只猫头鹰。那只猫头鹰追赶着一只红尾鸲。老园丁对红尾鸲吹了几

---

[1] 罗吉主教，康纳德·罗吉（？—1501），1479年起任斯特伦耐斯主教，掌管瑞典全国宗教事务，同时还兼任王国枢密大臣。

声口哨。那只红尾鸲乖乖地栖落到他的肩头,猫头鹰追赶过来时,园丁挥起铁锹就把它撵走了。"他倒不像他长相那么危险吓人。"男孩子想道,因为他看到园丁爱怜地保护住了那只可怜的啼鸟。

园丁一见到男孩子马上就问他见到罗吉主教没有。男孩子回答说没有,园丁伤心透顶地吼叫道:"连罗吉主教都休息了,而偏偏我却不能够!"

随后不久,他们来到那些玩具小屋当中最引人注目的一幢。那是一座砖砌的城堡,三个端庄稳重的圆塔高耸在城堡之上,它们之间由一排长长的房屋相连通。

"倘如你有兴致的话,不妨进去看看!"园丁吩咐说,"这是格里浦斯霍尔姆[1]王宫,你千万要小心碰到埃里克国王[2]。"

男孩子穿过深邃的拱形门洞过道,来到一个四周平房环抱的三角形庭院。那些平房样子不怎么阔气,男孩子无心细看,他只像跳鞍马似的从摆在那里的几尊很长的大炮身上跨

---

1 格里浦斯霍尔姆,瑞典地名,在斯德哥尔摩附近,系瑞典昔日王宫所在地,也是最古老和最大的皇家园林。19世纪前,瑞典王室成员均居住在此地。
2 埃里克国王,即埃里克十四(1533—1577),1568年被贵族废黜后囚禁在格里浦斯霍尔姆城堡。

跳过去又接着往前跑。他又穿过一个很深的拱形门洞过道，来到城堡里的又一个庭院，庭院四周是精美华丽的房屋，他走了进去。他来到一个古色古香的大房间，天花板上雕梁十字交叉，四面围墙上挂满了又高又大、颜色已经晦暗发乌的油画，画面上的贵族男女全都神情庄重，身穿挺括的礼服。

在第二层楼上，他看到一间光线明亮一些，色调也鲜艳一些的房间。这时他才看清，自己确实走进了一座王室的宫殿，墙上全是国王和王后的肖像画。再往上走一层是一间宽敞的顶层房间，周围是各色各样用途的房间。有些房间色调淡雅，铺设着白色的精美家具。还有一个很小的剧场，而紧邻着的却是一间名副其实的牢房：里面除光秃秃的牢墙之外什么也没有。牢房的门是粗大的铁栅，地板被囚徒的沉重脚步磨得凹凸不平。

那里值得观赏的宝物实在太多了，叫人几天几夜都看不完，可是园丁已经在连声催促，男孩子只好怏怏地走了出来。

"你可曾见到埃里克国王？"男孩子走出来时，园丁劈头盖脸就问道。男孩子说什么人也没有看见，那个老园丁就又像之前那样绝望地吼叫："连埃里克国王都休息去了，而偏偏我却不能！"

他们又到了花园的东部，走过一个浴场，园丁把它叫作塞德待利厄[1]，还走过了一个他命名为荷宁霍尔摩的古代王宫。那里没有多少值得观光的，到处是顽石、怪石和珊瑚岛屿，而且愈偏僻的地方愈显得荒凉。

他们又折身往南走去，男孩子认出了那排叫作考尔莫顿大森林的灌木树篱，知道他们已经快走到门口了。

他为看到的一切而兴高采烈。走近大门的时候，他很想感谢园丁一番，可是老园丁根本不听他说话，而是只顾朝着大门走去。到了门口，他转过身来把铁锹递给男孩子。"喂，"他吩咐说，"接住，我去把大门铁锁打开。"

可是男孩子觉得已经给这个严厉的老头带来那么多麻烦，心里着实过意不去，所以他想不要再让他多费力气了。

"用不着为我去打开这扇沉重的大铁门。"他说着把身子一侧就从铁栅缝里钻了出去，这对像他那样一个小人儿来说是不费吹灰之力的。

他这样做是出于最大的好意，可令他十分吃惊的是，园丁在他背后暴跳如雷地大吼起来，并且用脚狠蹬地面，双手

---

[1] 塞德待利厄，瑞典地名，为沐浴休养胜地。

猛烈摇晃铁栅门。

"怎么啦？怎么啦？"男孩子莫名其妙地问道，"我只是想让您少费点力气，园丁先生，您为什么这样恼火？"

"我当然要恼火，"那个老头说道，"你不消做什么别的，只消把我的铁锨接过去，那么你就非得留在这里照管花园不可，而我就可以解脱了。现在我不知道还要在这里待多久。"

他站在那里死命地摇晃铁栅门，看样子已经是狂怒至极。男孩子不禁动了恻隐之心，想要安慰他几句。

"您不必为此心里难过，瑟姆兰省的卡尔先生，"男孩子说道，"随便哪个人都不能比您把这个花园照管得更精心周到啦！"

男孩子说了这句话之后，年老的园丁忽然平静下来，而且一声不吭了。男孩子还看到他那张铁青呆板的面孔也豁然开朗起来。可是男孩子无法看得真切，因为园丁的整个人影一下子变得模糊起来，渐渐化为一股烟雾飘散开去。非但如此，整个花园也淡化起来，化为烟雾消失掉了。花卉、草木、硕果和阳光统统消失殆尽，剩下的只是一片荒凉而贫瘠的森林大地。

水　灾

一连几天，梅拉伦湖以北一带地方的天气十分吓人。天色铅灰，狂风怒号，大雨不停地斜打下来。尽管人们和牲畜都知道春天已经来到，并不因为这样的坏天气而受到阻挠，但他们还是觉得这样的天气叫人忍受不了。

大雨下了整整一天，云杉树林里的积雪全被泡得融化掉了。春潮来到了。各个农庄庭院里的大小水潭，田野里所有的涓涓细流，一齐咕嘟咕嘟冒着泡，涨满了水，甚至连沼泽地和洼地也陡然春水高涨，汹涌澎湃起来，似乎都恨不得赶快行动起来，好让百川千河奔归大海。

大小溪流里的水滚滚而来，灌注进梅拉伦湖的各条支流里，而各条支流本身也洪水高涨，朝梅拉伦湖里灌进了许许多多的水。可是比这更糟糕的是，乌普兰和伯尔斯拉格那的所有小湖、水塘都几乎在同一天里冰封破碎、湖水解冻。于是各条河流里平添了大小冰块，河水涨得高及河岸。暴涨的河水一齐涌进梅拉伦湖，没用多久，湖里就满得难以再容得下水，咆哮的湖水朝泄水口冲去。但是泄水口诺斯特罗姆河偏偏是一条窄细的水道，根本无法把那么多的水一下子排泄出去。再加上那时候通常刮的又是猛烈的东风，海水朝河里倒灌过来，形成了一道屏障，阻碍了淡水倾泻到波罗的海里去。各条河流都不理会下游是不是能够排泄出去，仍旧一个劲儿地往梅拉伦湖里添增水量。于是那个大湖一筹莫展，只好听凭湖水漫溢出湖岸，泛滥成灾。

湖水上涨的速度并不很快，好像它并不乐意使美丽的湖岸毁于一旦。然而湖堤很矮，而且倾斜的坡度很大，用不了太长时间，湖水就溢出湖堤，泛滥到了陆地上几米远的地方。即使湖水不再往前漫过去，也已经足以引起巨大的惊恐不安了。

梅拉伦湖有其奇特之处，它完全是由狭窄的水道、港湾和峡谷形成的，所以随便在什么地方都没有开阔的、浩瀚的湖面。它好像是一个专门用来游览、划船和钓鱼消遣的湖泊，湖里有许多绿树成荫、引人入胜的小岛，也有些景色别致的半岛和岬角。沿湖随便哪里都见不到光秃荒凉和侵蚀剥落的堤岸。梅拉伦湖似乎一心一意地要吸引人们在它身边兴建起行宫、消夏别墅、贵族庄园和休养场所。恐怕正因为如此，这个湖平素总是温柔体贴、和善可亲的。但到春天，有时候它会忽然收敛笑容，露出真正可怕的面目，自然免不了引起这样大的惊恐。

在眼看就要泛滥成灾的时候，人们就纷纷把冬天拉到岸上来停放的大小船只修补上油，以便能尽快地下水。平日妇女们洗濯衣服时在湖边站立的木踏脚板也被抽到了岸上。公路桥梁做了加固。沿湖岸绕行的铁路上，养路工一刻不停地来回走动，认真检查路基，日日夜夜都不敢稍有懈怠，连觉都不敢睡。

农民们把存放在地势低矮的小岛上的干草和干树叶赶紧运到岸上。渔民们收拾起了围鱼用的大网和拖网，免得它们被洪水卷走。各个渡口都挤满了面色焦急的乘客，所有要赶着回家或者急着出门的人都心急如焚地想赶在洪水来到之前赶路。

在靠斯德哥尔摩这一带，湖岸上夏季别墅鳞次栉比，人们也是最忙碌的。别墅大多坐落在较高的地方，不会有多少危险，但是每幢别墅旁边都有停泊船只的栈桥和更衣木棚，那些东西必须拆下来运到安全的地方。

梅拉伦湖水溢堤漫出的坏消息不仅使人类恐慌，而且也使得湖边的动物惶惶不可终日。在湖岸树丛里生了蛋的野鸭，靠湖岸居住而且窝里有崽的田鼠和鼯鼱也都忧心忡忡。甚至那傲慢的天鹅也担心他们的窝和天鹅蛋被冲掉。

他们的担心绝非多余，因为梅拉伦湖的湖水每时每刻都在上涨。

湖水漫溢出来，淹没了湖岸上的柳树和花楷树的下半部树干。菜园也浸泡在水里，栽种着的姜蒜都掺混在一起，成了一道味道特别的泥浆浓汤。黑麦地的地势很低，受到的损失也最惨重。

湖水一连好几天上涨，格里普斯哥尔摩岛[1]四周地势低洼的草地被水淹没了。岛上的那座大宫殿同陆地的联系被切断了。它同陆地已经不再是一衣带水，而是被宽阔的水面隔开了。在斯特伦耐斯，美丽的湖滨大道已经成了一条水势湍急的河流。在韦斯特罗斯市，人们不得不准备在街道上用舟楫代步。在梅拉伦湖里的一个小岛上过冬的两只驼鹿被水淹得无家可归，只好泗水过来，到陆地上寻找新的家园。无数的

---

[1] 格里普斯哥尔摩岛，梅拉伦湖中的一个小岛，自1537年古斯塔夫·瓦萨时代起为瑞典国王的行宫所在地。

原木和木材、数不清的盆盆罐罐都漂浮在水面上，人们撑着船四处打捞。

在那灾难的日子里，狐狸斯密尔有一天穿过梅拉伦湖北边的一个桦树林悄悄地追过来了。像往常一样，他一边走一边咬牙切齿地想着大雁和大拇指，不知道怎样才能找到他们，因为他如今失掉了他们的一切线索。

他心情万分懊恼地踽踽而行时，忽然看见信鸽阿卡尔降落在一根桦树枝上。"阿卡尔，碰到你真是太巧了。"斯密尔喜出望外地说道，"你大概可以告诉我，大雪山来的阿卡和她的雁群现在在什么地方。"

"我当然知道他们在什么地方，"阿卡尔冷冷地说道，"可惜我才不想告诉你哩。"

"告诉不告诉那倒无所谓，"斯密尔假装不在乎地说道，"只要你肯捎句话给他们就行啦。你一定知道这些天来梅拉伦湖的情况十分糟糕，正在发大水。叶尔斯塔湾还住着许多天鹅，他们的窝和天鹅蛋也都岌岌可危啦。天鹅之王达克拉听说同大雁在一起的那个小人儿是无所不能的，他就派我出来问问阿卡，是不是愿意把大拇指带到叶尔斯塔湾去。"

"我可以转告这个口信,"阿卡尔说道,"但是我不知道那个小人儿怎样才能搭救天鹅。"

"我也不知道,"斯密尔说道,"不过他没有办不到的事情。"

"天鹅王达克拉竟然会差一只狐狸去送信给大雁,真是不可思议,我对这件事有点疑心。"阿卡尔心存疑虑地说道。

"哎哟,你说得真对,我们通常倒真是冤家对头。"斯密尔和颜悦色地分辩道,"不过如今大难当头,我们就不得不尽弃前嫌,互相帮忙啦。你千万不要对阿卡讲,这件事是一只狐狸告诉你的,否则她听了会多心的。"

叶尔斯塔湾的天鹅

整个梅拉伦湖地区最安全的水鸟栖息场所是叶尔斯塔湾,它是埃考尔松德湾最靠里的部分,而埃考尔松德湾又是北桦树岛湾的一部分,北桦树岛湾又是梅拉伦湖伸进乌普兰省的狭长部分中的第二个大湾,这样湾中套湾自然就十分安宁。

叶尔斯塔湾湖岸平坦,湖水很浅,芦苇丛生,就像陶庚湖一样。虽然它不像陶庚湖那样以水鸟之湖闻名遐迩，但也是个环境优美的水鸟乐园，因为它多年来一直被列为国家保护对象。那里有大天鹅栖聚，而且古老的王室领地倭者尔松德湾就在附近。因此王室禁止在此地的一切狩猎活动，免得天鹅受到打扰和惊吓。

阿卡一接到那个口信，听说天鹅有难需要相帮，便义不容辞地飞速赶到叶尔斯塔湾。那天傍晚她带领着雁群到了那里，一眼就看到灾难委实不轻。天鹅筑起的大窝被风连根拔起，在狂风中滴溜溜地卷过岬湾。有些窝巢已经残破不堪，有的被刮得底儿朝天，早已产在窝里的天鹅蛋沉到了湖底，白花花的一个个都可以看得见。

阿卡在岬湾里落下来的时候，居住在那里的所有天鹅都聚集在最适合躲风的东岸。尽管他们在大水泛滥中横遭折磨，可是他们那股猖狂傲世之气一点儿也没有减少，而且他们也没流露出丝毫悲伤和颓唐。"千般烦恼，百种忧愁，哪里值得！"他们自嘲自解地说道，"反正湖岸上草根和草秆有的是，我们很快就可以筑起新的窝巢。"他们当中谁也不曾有过要陌生人来相救的念头。他们对狐狸斯密尔把大雁们叫来的事情茫然不知。

那里聚集着几百只天鹅,他们按照辈分高低和年龄的长幼依次排列,年轻和毫无经验的排在最外面,年老睿智的排在最里面。在这圈天鹅的最中心处是天鹅王达克拉和天鹅王后斯奴弗里,他们俩的年纪比其他天鹅都大,而且可以把大多数天鹅都算作自己的子女。

天鹅王达克拉和天鹅王后斯奴弗里肚里揣着天鹅的家族史,能够从头细数他们这一族天鹅在瑞典还没有在野外过日子的那段历史。早先在野地里是休想找到他们的,天鹅是作为贡品进献给国王,豢养在王宫的沟渠和池塘里的。但是有一对天鹅侥幸地从那种烦人腻味的宫廷中逃脱,来到自由的天地里,现在住在这个岬湾里的天鹅都是由他们生育繁衍而来的。如今这一带有不少野天鹅,他们分布在梅拉伦湖的大小岬湾里,还有陶庚湖、胡恩堡湖等湖泊里,不过所有这些天鹅都是叶尔斯塔湾那些天鹅的后代,所以这个岬湾里的天鹅都为他们的后代能够从一个湖泊繁衍到另一个湖泊而自豪不已。

大雁们不巧落到了西岸,阿卡一看天鹅都聚集在对岸,就立即转身朝他们泅水过去。她对天鹅居然派人来请她助一臂之力感到非常诧异,不过她觉得这是一种荣誉,她义无反顾地愿意出力相助。

快要靠近天鹅的时候,阿卡停下来看看跟在后面的大雁们是不是排成了笔直的一字长蛇阵,中间行距相隔是否匀称。"赶快游过来排列整齐,"她吩咐说,"不要盯着天鹅呆看,显得你们从来都没有见到过美丽的动物似的,不管他们对你们说些什么难听话都不要在意。"

阿卡已经不是第一次来拜访那对年迈的天鹅王夫妇了。他们对阿卡这样一只有渊博知识、有很大名望的鸟总是以礼相待,但是阿卡很腻味从围聚在他们周围的天鹅中间穿过去。在她从天鹅身边游过的时候,她觉得自己是多么瘦小和难看,这种感觉以前是从未有过的。有些天鹅还说一些挖苦话,骂她是灰家伙或者穷光蛋。对于这类讥嘲,最聪明的办法就是佯装没听见。

这一次似乎倒是异乎寻常地顺利。天鹅们一声不吭地闪开在两旁,大雁们就像从一条两边有白色大鸟欢迎的大街上走过一样。为了向这些陌生来客表示亲热,天鹅们还扑扑扇动像风帆一样的翅膀,这场面真是十分壮观。他们竟连一句挖苦话都没有说,这不免使得阿卡感到奇怪。"唔,想必是达克拉知道了他们的坏毛病,所以关照过他们不许再粗野无礼。"这只领头雁想道。

可是正当天鹅们努力保持礼仪周全的时候，他们忽然一眼瞅见了大雁队列末尾的白雄鹅，这一下天鹅当中一片哗然，惊叫和怒斥声使得这支整齐的队伍顿时骚乱起来。

"那是个什么家伙？"有一只天鹅喊叫道，"大雁难道打算弄点白羽毛披在身上来遮丑？"

"他们难道真的痴心妄想要变成天鹅啦？"四周的天鹅齐声叫喊道。

他们开始用声如洪钟、铿锵嘹亮的嗓音互相唱和呼应起来，到处在大呼小叫，因为谁也不可能向他们说明白，怎么大雁的队伍里竟跟着一只家养的雄鹅。

"那一定是家鹅之王来喽！"他们嘲笑道。

"他们太放肆了！"

"那不是一只鹅，而是一只鸭子。"

大白鹅把阿卡方才说的无论听到什么难听话都不要去理会的吩咐牢牢记在心里。他默不作声，尽快向前游去。但是这也无济于事，天鹅们更加肆无忌惮地围过来。

"他背上驮的是一只什么样的青蛙？"有只天鹅问道，"嘿，他们一定以为，他衣着像个人样，我们就看不出来他是一只青蛙啦。"

方才还排列得整整齐齐的天鹅这时候全部乱了套,都争先恐后地挤过去要见识见识那只雄鹅。

"那只白雄鹅居然敢到我们天鹅当中来亮相,这真是不知世上还有'羞耻'二字!"

"说不定他的羽毛也同大雁一样是灰颜色的,只不过他在农庄上的面缸里滚过一下。"

阿卡刚刚游到达克拉面前,正要张口问他需要什么帮助,天鹅王注意到了天鹅群里的一阵阵骚乱。"何事喧哗呀?我难道没有下过命令,不准你们在客人面前放肆无礼吗?"他面带愠色地喝道。

天鹅王后斯奴弗里游过去劝阻她手下的天鹅,达克拉这才转过身来要同阿卡攀谈。不料斯奴弗里游回来,她满脸怒容。"喂,你能不能叫他们住嘴!"天鹅王朝她喊道。

"那边来了一只白色的大雁,"斯奴弗里没好气地说道,"看上去真叫人恶心。他们生气我一点儿也不奇怪。"

"一只白色的大雁?"达克拉说道,"莫非疯了不成,这种怪事怎么会发生?你们一定看花了眼。"

雄鹅莫顿身边的包围圈收缩得愈来愈小了,阿卡和其他大雁想游到他的身边去,但是他们被推来搡去,根本挤不到雄鹅面前去。

那只老天鹅王的力气要比别的天鹅大得多。他赶紧游过去，把那些天鹅推得东倒西歪，闯开了一条通到白雄鹅那里去的路。但是他亲眼看见水面上确实有一只白色大雁，他也像别的天鹅一样勃然大怒。他愤愤地大呼小叫，径直朝着雄鹅莫顿扑了过去，从他身上啄下几根羽毛。"我要教训教训你这只大雁，你怎么敢打扮成这副怪模样跑到天鹅群里来出丑！"他高声叫嚷说。

"快飞，雄鹅莫顿！快飞，快飞！"阿卡喊道，因为她知道，天鹅会把大雄鹅的每一根羽毛都拔光。"快飞吧，快飞吧！"大拇指也喊起来。但是雄鹅被天鹅围困得死死的，张不开翅膀。天鹅们从四面八方把强有力的喙伸过来啄他的羽毛。

雄鹅莫顿奋力反抗，他使出最大力气来咬他们、啄他们。别的大雁也开始同天鹅对阵打架，不过众寡悬殊，要是没有意外的帮助的话，后果恐怕不堪设想。

有只红尾鸲发现大雁们陷入了天鹅的重围脱身不得，便立即发出小鸟聚众驱赶苍鹰的那种尖声鸣叫。他刚叫了三次，这一带所有的小鸟都急匆匆朝向叶尔斯塔湾飞过来，他们嘲嘲啾啾,铺天盖地,仿佛无数射出弦的利箭一样。

这些鸟儿虽然身体瘦小,而且没有力气,但是众志成城朝着天鹅直扑下来。他们围在天鹅耳朵边尖叫,用翅膀挡住天鹅的视线,他们振翅拍翼哄乱纷纷,使得天鹅头晕眼花。他们齐声呼喊:"天鹅真不害臊!天鹅真不害臊!"这使得天鹅心烦意乱。

这些小鸟的袭击仅仅持续了片刻,但是当小鸟扬长飞走后,天鹅清醒过来一看,大雁们早已振翼飞向岬湾的对岸去了。

新来的看门狗

天鹅们的气度还是不错的,他们一看到大雁逃跑了,便傲慢地觉得不屑于再去穷追不舍,这样大雁们可以放心地站在一堆芦苇上安生睡觉了。

可是尼尔斯·豪格尔森肚子饿得咕咕叫,怎么也睡不着。"哎呀,我得到哪个农庄上去找点东西来填饱肚子才行。"

那些日子里,湖面上漂浮着五花八门的东西,对尼尔斯·豪格尔森这样一个小孩来说,要想找点东西踩着漂过湖去是轻而易举的。他连想都不想一下就跳到一块漂浮在芦苇丛中的小木板上，捡起了一根小木棍当作桨，慢慢地划过浅水靠到岸边。

他刚上岸还没有站稳脚步，猛听得身后水里扑通一声响。他站住脚步，定神细瞧，先看见在离他几米开外的一个大窝里有只母天鹅正在睡觉，又看到一只狐狸蹑手蹑脚地朝天鹅窝靠近，刚刚在水里迈出了一两步。"喂，喂，喂，快站起来！快站起来！"男孩子急得一面连声狂叫，一面用手里的木棍拍打着水面。母天鹅终于站立起来，但是动作十分缓慢，要是狐狸真想朝她扑过去的话，也还来得及抓住她。可是那只狐狸偏偏没有那样做，而是掉转头来，径直朝男孩子奔了过来。

大拇指见势不妙，就赶紧朝陆地上逃去。他面前是一大片开阔而平坦的草地。他看不到有什么树可以爬上去，也找不到有什么洞可以藏身，只好拼命逃跑。男孩子虽然擅长奔跑，但是同动作轻盈、脚步灵巧的狐狸相比，那就不可同日而语了。

离湖水一箭之遥的地方，有几幢佃农住的小房子，窗户上映出了明亮的灯光。男孩子当然朝那边跑过去。不过他自己也不得不承认，等不到他跑近那里，狐狸就会逮住他的。

狐狸已经追到男孩子身后，完全有把握逮住他了。突然，男孩子往旁边一闪，扭头就朝岬湾奔过去。狐狸冲势很猛，来不及收住脚步，待到转过身来，又同男孩子相差了几步路。男孩子不等他追赶上来，便赶紧奔跑到两个已经一整天待在湖面上打捞东西到这么晚才准备回家的男人的身边。

那两个男人又疲倦又发困，尽管男孩子和狐狸就在他们眼底下跑来跑去，可是他们却什么也没有注意到。男孩子也并不打算同他们讲话，开口寻求帮助，而只想跟在他们身边走。

"狐狸想必不敢一下蹿到人面前来吧。"他想道。

但是过了不久，他就听到狐狸的前爪刨地皮的响声，那只狐狸还是追过来了。唔，狐狸大概估计那两个人会不留神把他错看成狗，因为狗才敢大摇大摆跑到人的面前。"喂，你瞧，偷偷地跟在我们身后的是一条什么样的狗？"有一个男人发问说，"它跟得这样近，像是想要咬人哪。""滚开！你跟在后面干什么！"另外那个男人大喝一声，一脚把狐狸踢到了路对面。狐狸爬起来之后，仍旧紧随不舍地跟在那两个男人身后，但是不敢凑近，总是在两三步开外。

男人们很快就走到佃户区，一起走进了一幢农舍里。男孩子打算跟进去,但是他走到屋前的门廊上,看到有一条身披长毛、样子威武的大狗从窝里蹿出来欢迎他的主人。男孩子一下子改变了主意,站在露天不进屋去了。

"喂,看门狗,"当两个男人把门关上以后,男孩子低声对狗说道,"不知道你肯不肯帮我忙,在今天晚上逮一只狐狸?"

那条看门狗视力不大敏锐,而且因为长时间拴在那里,脾气变得很暴躁,动不动就爱生气。"哼,叫我去抓狐狸?"他满腹怨气一齐涌了上来,"你是个什么家伙,竟敢到这里来取笑我被锁链锁着跑不远?你要是走过来,我非要狠狠让你尝尝厉害,叫你再也不敢拿我寻开心。"

"不管你相信还是不相信,反正我不怕走到你跟前。"男孩子说道,便朝狗面前跑了过去,当这条狗看清楚了他的时候,惊奇得愣住了,连一句话都讲不出来。

"我就是那个大家都叫作大拇指的,那个同大雁一起到处跑的小人儿,"男孩子说道,"难道你没有听说过我吗?"

"麻雀早就叽叽喳喳地称赞过你,"那条狗说道,"想不到你人这么小却干出了不少惊天动地的大事情。"

"到目前为止,我一切都很顺利,"男孩子说道,"但是你现在要是不肯帮我的忙,我马上就要完蛋了。有一只狐狸在后面紧紧追赶我。他这会儿正埋伏在房子背后。"

"唔,那倒不假,我闻到了狐狸的臊味,"看门狗说道,"我们务必把狐狸干掉!"他一下子蹿了过去,可是颈脖上的链子害得他不能跑远,他只好汪汪狂吠了一会儿。

"我想,狐狸大概吓得今天晚上不敢再来找麻烦了。"看门狗说道。

"唉,光高声大叫一阵子让狐狸受受惊吓,那是无济于事的。"男孩子说道,"他过不多久就会又到这里来的。我已经想出来了,最好的办法还是你把他捉住。"

"你难道又想取笑我不成?"看门狗恼羞成怒地叫嚷起来。

"快跟我一起到你的窝里去,千万不能让狐狸听见我们商量的计策,"男孩子悄声说道,"我会告诉你应该怎样做。"

男孩子同看门狗一起钻到狗窝里,躺在那里悄声悄气地商量起来。

过了没多久,狐狸从房子拐角处探出了脑袋,他看看四周一片静悄悄，就悄悄地溜进了院子里。他用鼻子嗅了又嗅，闻出来男孩子的气味，一直找到狗窝这里。他在离狗窝不远的地方蹲了下来，盘算着怎样才能把男孩子引出来。这时候看门狗突然把脑袋伸出来，对他吠叫道："滚开，要不然我就来抓你啦。"

"哼，我想在这里待多久就待多久，你能管得着吗？"狐狸冷笑一声。

"滚开！"看门狗再次用威胁的腔调吼叫，"否则今天晚上就是你在外面最后一次猎食啦。"然而狐狸照样冷笑一声，在原地一动不动。"我晓得你脖子上锁着的铁锁链究竟有多长。"他悠闲地说道。

"我可是已经警告过你两次了，"看门狗从狗窝里钻了出来，"现在只好怨你自己了。"

就在他说话的时候，他纵身往前一个长蹿，猛扑过去，毫不费力地就把狐狸扑倒在地。因为看门狗并没有被拴住，男孩子已经把狗脖颈的铁锁链解开了。

他们撕咬了一会儿，很快就决出了胜负。看门狗以胜利者的姿势耀武扬威地站着，而狐狸却趴在地上一动不敢动。"哼，你敢动一动，"看门狗大吼一声，"你敢动，我就一口咬死你。"他叼起狐狸的后脖颈，把他拖到了狗窝里。男孩子拿着拴狗的链子走过来，在狐狸脖子上绕了两圈，把他牢牢地拴在那里。当男孩子把他挂起来的时候，狐狸不得不规规矩矩地趴着，一动也不敢动。

"现在我希望，狐狸斯密尔，你要做一条出色的看门狗。"男孩子做完这一切以后说道。

在乌普萨拉

大学生

在尼尔斯·豪格尔森跟着大雁周游全国的那个年头，乌普萨拉有个很英俊的大学生，他住在阁楼上的一个小房间里。他自奉甚俭，人们常常取笑说他不吃不喝就能够活下去。他将全部精力都贯注在学习上，因此领悟得比别人快得多，学习成绩非常出色。但是他并非因此成了个书呆子或者迂腐夫子，相反，他不时同三五好友欢娱一番。他是一个大学生的典范，倘若他身上没有那一点儿瑕疵的话，他本来应该是完美无缺的。可惜顺利的生活把他娇宠坏了，出类拔萃的人往往容易不可一世。须知幸运成功的担子不是轻易能挑得动的，尤其是年轻人。

有一天早晨，他刚刚醒过来，就躺在那里思忖起自己是多么地才华出众。"同学和老师喜欢我，所有人都喜欢我,"他自言自语道,"我的学习真是又出色又顺利。今天我还要参加最后一场结业考试,我很快就会毕业的。待到大学毕业后,我就会马上获得一个薪水丰厚的职位。我真是处处红运高照,眼看前途似锦,不过我还是要认真对待,这样才能使我面前总是坦途一片,不会有什么事情来骚扰。"

乌普萨拉的大学生并不像小学生那样许多人挤在一个教室里一起念书,而是各自在家里自修。他们自修完一个科目以后就到教授那里去,对这个科目来一次总的答问,这样的口试叫作结业考试。那个大学生那一天就是要去进行这样一次最后的最难的口试。

他穿好衣服,吃罢早饭,就在书桌旁边坐定身子,准备把他复习过的书籍最后再浏览一遍。"我觉得我再看一遍也是多此一举的,我复习得够充分了,"他想道,"不过我还是尽量多看一点儿,免得万一有疏漏就后悔莫及了。"

他刚看了一会儿书,就听见有人敲门,一个大学生胳膊下面夹着厚厚的一卷稿纸走了进来。他同坐在书桌前面的这个大学生完全不是同一个类型。他木讷腼腆,胆小懦弱,穿着褴褛。他只知道埋头读书,没有其他爱好。人人都公认他学识渊博,但他却十分腼腆胆小,从来不敢去参加结业考试。大家觉得他有可能年复一年地待在乌普萨拉，不断地念呀，念呀，成为终生一事无成的老留级生。

他这次来是恳请他的同学核一遍他写的一本书。那本书还没有付印，只是他的手稿。"要是你肯把这份手稿过目一遍，就是帮了我一个大忙，"他畏畏缩缩地说道，"看完之后告诉我写得行不行。"

那位事事都运气亨通的大学生心想道："我说的人人都喜欢我，难道有什么不对吗？这个从不敢把自己的著作昭示于人的隐居者，竟也来移樽就教啦。"

他答应尽快把手稿看完，那个来请教的大学生把手稿放到他的书桌上。"务请您费心妥善保管，"那个大学生央求他说，"我呕心沥血花了五年才写出来。倘若丢失的话，我可再也写不出来啦。"

"你放心好啦，放在我这里是丢不了的。"他满口答应后，那位客人就告辞了。

那个事事如意的大学生把那叠厚厚的稿纸拉到自己面前。"我真不晓得他能够七拼八凑成什么东西，"他说道，"哦，原来是乌普萨拉的历史！这题目倒还不赖。"

这位大学生非常热爱本乡本土，觉得乌普萨拉这个城市要比别的城市好得多，因此他自然对老留级大学生怎样描写这个城市感到十分好奇，想先睹为快。"唔，与其要我老是牵肠挂肚惦记着这件事，倒不如把他的历史书马上就看一遍。"他喃喃地自言自语，"在考试之前最后一分钟复习功课那是白费工夫，到了教授面前也不见得会考得更好一些。"

大学生连头也不抬，一口气把那部手稿通读了一遍。他看完之后拍案叫绝。"真是不错，"他说道，"真是不鸣则已，一鸣惊人啊。这本书出版了，他也就要走运啦。我要去告诉他这本书写得非常出色，这真是一桩令人愉快的事。"

他把四散凌乱的稿纸收集起来，堆叠得整整齐齐放在桌上。就在他整理、堆叠手稿的时候，他听见了挂钟报时的响声。

"哎哟，快来不及到教授那里去了。"他叫了一声，立即跑到阁楼上的一间更衣室里去取他的黑衣服。就像通常发生的一样，越是手忙脚乱，锁和钥匙就越拧不动，他耽误了大半晌才回来。

等到他踏到门槛上，往房间里一看，他大叫起来。方才他慌慌张张走出去没有随手把门关上，而书桌边上的窗户也是开着的。一阵强大的穿堂风吹过来,手稿就在大学生眼前一页一页地飘出窗外。他一个箭步跨过去,用手紧紧按住,但是剩下的稿纸已经不太多了,大概只有十张或者十二张还留在桌上。别的稿纸已经悠悠荡荡飘落到院子里或者屋顶上去了。

大学生将身体探出窗外去看看稿纸的下落,正好有只黑色的鸟儿站在阁楼外面的房顶上。"难道那不是一只乌鸦吗?"大学生愣了一下,"这正如常言说的,乌鸦带来了晦气。"

他一看还有几张稿纸在屋顶上,如果他不是心里想着考试,他起码还能把遗失掉的稿纸找回一部分。可是他觉得当务之急是先办好自己的事情。"要知道这可是关系到我自己的整个锦绣前程的事。"他想道。

他匆忙披上衣服,奔向教授那里。一路上,他心里翻腾的全是丢失那手稿的事情。"唉,这真是一件叫人非常窝火的事情,"他想道,"我弄得这样慌里慌张,真是倒霉。"

教授开始对他进行口试,但是他的思路却无法从那部手稿的事里摆脱出来。"唉,那个可怜的家伙是怎么对我说来着?"他想道,"他为了写这本书花费了整整五年的时间,而且再也写不出来了，难道他不曾这样郑重其事地叮嘱过我吗？我真不知道自己有没有勇气去告诉他手稿丢失了。"

他对这桩已经发生的事情恼怒不已，他的思想无法集中。他学到的所有知识仿佛被风刮跑了一样。他听不明白教授提出的问题，也根本不知道自己在回答什么。教授对他如此无知非常恼火，只好给他个不及格。

大学生出来走到街上，心头如同油煎火烧一般难过。"这一下完了，我渴望到手的职位也吹啦。"他怏怏不乐地想道，"这都是那个老留级大学生的罪过。为什么不早不迟偏偏今天送来了这么一沓手稿？结果弄得我好心给人办事，反而没有落个好报。"

就在这时候，他一眼看见那个萦绕在他脑际的老留级大学生迎面朝他走来。他不愿意在还没有设法寻找之前就马上告诉那个人手稿已经丢失，所以他打算一声不吭地从老留级大学生身边过去。但是对方看到他仅仅冷淡地颔首一下就擦身而过，不免增添了疑心和不安，更加担心他究竟如何评价那部手稿。老留级大学生一把拉住大学生的胳膊，问他手稿看完了没有。"唔，我去结业考试了。"大学生支吾其词地说道，想要匆忙躲闪开去。但是对方以为那是想避开当面告诉他说那本书写得太不令人满意，所以他觉得心都快要碎了。那部著作花费了他整整五年的心血，到头来还是一场辛苦付诸东流。他对大学生说道："请记住我对你说的话，如果那本书实在不行，根本无法付印的话，那么我就不想再见到它了。请尽快看完，告诉我你有何评论。不过，要是写得实在不行的话，你干脆把它付之一炬。我不想再见到它了。"

他说完就匆忙走开了。大学生一直盯着他的背影，似乎想把他叫回来，但是他又后悔起来，便改变了主意，回家去了。

他回到家里立即换上日常衣衫，跑出去寻找那些失落的手稿。他在马路上、广场上和树丛里到处寻找。他闯进了人家的庭院，甚至跑到了郊外，可是他连一页都未能寻找到。

他找了几个小时之后，肚子饿极了，不得不去吃晚饭，但是在餐馆里又碰到了那个老留级大学生。老留级大学生走了过来，询问他对那本书的看法。"唔，我今天晚上登门拜访，再谈谈这本书。"他搪塞道。他在完全肯定手稿无法寻找回来之前，不肯承认自己把手稿弄丢了。对方一听脸变得刷白。"记住，要是写得不行，你就干脆把手稿烧掉好了。"老留级大学生说完转身就走。这个可怜的人儿现在完全肯定了,大学生对他写的那部书很不满意。

大学生重新跑到市区里去找,一直找到天黑下来,也一无所获。他在回家的路上碰到几个同学。"你到哪儿去了?为什么没有来和大家一起过迎春节呀?""哎哟,已经是迎春节啦,"大学生说道,"我完全忘了。"

当他站着和同学们讲话的时候,一个他钟爱的年轻姑娘从他身边走过。她连正眼都没有对他瞅一眼,就同另外一个男大学生一边说着话一边走过去了,而且还对那个人亲昵地娇笑。大学生这才记起来,他曾经请求她来共同过迎春节,而他自己却没有参加,她会对他有什么想法呢?

他一阵心酸,想跑过去追赶她,可是他的一个朋友这时说道:"你知道吗?听说那个老留级大学生境况真够呛,今天晚上他终于病倒了。"

"不见得有什么危险吧?"大学生着急地问道。

"心脏出了毛病,他早先曾经很厉害地发作过一次,这次又重犯了。医生相信,他必定是受到某种刺激,伤心过度才犯的,至于能不能复原,那要看他的悲伤能不能够消除。"

过了不久，大学生就来到那个老留级大学生的病榻前。老留级大学生面色苍白，十分羸弱地躺在床上，看样子在发病之后还没有恢复过来。"我特意登门来奉告那本书的事，"大学生说道，"那本书真是一部杰出的力作，我还很少读到过那样的好书。"

老留级大学生从床上抬起身来，双眼逼视着他说道："那么你今天下午为什么面孔呆板，行动古怪？"

"哦，我心里很难过，因为结业考试没有考及格。我没有想到你会那样留神我的一言一行。我真的对你的书非常满意。"

那个躺在病榻上的人一听这句话，用狐疑的眼神盯住了他，越发觉得大学生有事瞒住他。"唉，你说这些好话无非是为了安慰我，因为你知道我病倒了。"

"完全不是，那部书的确是上乘佳作。你可以相信这句话。"

"你果然没有像我说的那样把手稿付之一炬吗？"

"我还不至于那样糊涂。"

"请你把书拿来！让我看到你真的没有把它烧掉，那我就信得过你。"病人刚说完话就又一头栽在枕头上。他是那样虚弱，大学生真担心他的心脏病随时又会大发作。

大学生一阵阵内疚不已，羞愧得几乎难以自容，便双手紧握病人的手，如实地告诉他那部手稿被风刮跑了，并且对他承认，自己由于给他造成了这么大的损失而整整一天都难过得不得了。

他说完之后，那个躺在床上的病人轻轻地拍着他的手说道："你真好，很会体贴人。可是用不着说谎来给我安慰！我知道，你已经照我的嘱咐把那部手稿烧掉了，因为我写得实在太糟糕了，但是你不敢告诉我真话，你怕我经不住这样的打击。"

大学生许下誓言说，他所讲的都是真话。可是对方固执己见，不愿意相信他。"倘若你能将手稿归还给我，我就相信你。"那个老留级大学生说道。

老留级大学生显得愈来愈病恹恹的，大学生一看若是再待下去更会增添病人的心事，便只好起身告辞。

大学生回到家里，心情沉重而身体疲惫，几乎连坐都坐不住了。他煮点茶喝了就上床睡觉。当他蒙起被子盖住脑袋的时候，他不禁自怨自艾起来，想到今天早上还是那么红运高照，而现在却亲手把美好的前途葬送了大半，自己的旦夕祸福毕竟还是可以忍受的。"最糟糕的是我将会因曾经给别人造成不幸而终生懊恼。"他痛心疾首地反思。

他以为那一夜将辗转反侧难以入眠。岂料,他的脑袋刚一挨着枕头就呼呼沉睡过去了,甚至连身边柜子上的床头灯都没有关掉。

迎春节

就在此时,发生了这样一件事情:当大学生呼呼沉睡的时候,一个身穿黄色皮裤、绿色背心,头戴白色尖帽的小人儿,站在靠近大学生住的阁楼的一幢房子的屋顶上。他自思自忖,要是他换个位置,成了那个在床上睡觉的大学生的话,他会感到非常幸福。

两三个小时之前,还逍遥自在地躺在埃考尔松德附近的一丛金盏花上憩息的尼尔斯·豪格尔森,现在却来到了乌普萨拉,这完全是由于渡鸦巴塔基蛊惑他出来冒险的缘故。

男孩子本来没有到这里来的想法。他正躺在草丛里仰望着晴空的时候,看到渡鸦巴塔基从随风飘曳的云彩里钻了出来。男孩子本来想尽量躲开他,但是巴塔基早已看到了他,转眼间就落在金盏花丛中,同大拇指攀谈起来,就好像他是大拇指最贴心的朋友一样。

巴塔基虽然神情肃穆，显得一本正经，但是男孩子还是一眼就看出他的眼波里闪动着诡谲狡黠的光芒。他下意识地觉察到巴塔基大概又要装神弄鬼地引他入什么圈套。于是，他下了决心，无论巴塔基怎样鼓起如簧之舌，他也绝不轻信。

渡鸦说，他现在要告诉男孩子一个秘密。也就是说，巴塔基知道已经变成了小人儿的人怎样才能变回到原来的人形。

渡鸦以为十拿九稳可以引他入彀，只消抛出这个诱饵，男孩子便会欣然上钩。不料事与愿违，男孩子却漠然以对，淡淡地回答道，他知道只要他精心把白鹅照料好，让白鹅完好无恙地先到拉普兰，然后再返回斯康耐，他就可以再变成人。

"你要知道带领一只雄鹅安全地周游全国并不是一件轻而易举的事情，"巴塔基故弄玄虚地说道，"为了防范不测，你不妨再另找一条出路。不过你不想知道的话，我也就不必白费口舌了。"这样男孩子回心转意了，回答说要是巴塔基愿意把秘密告诉他，他一点儿都不反对。

"告诉你我倒是愿意的，"巴塔基趁势说道，"但是要等到时机适当才行。骑到我的背上来，跟着我出去一趟吧，我们去看看有没有合适的机会！"男孩子一听又犹豫起来，他弄不清楚巴塔基的真正用意何在。"哎呀，你一定对我不大放心。"渡鸦说道。可是男孩子无法容忍听别人说他胆小怕事，所以一转眼他就骑到渡鸦的背上了。

巴塔基把男孩子带到了乌普萨拉。他把男孩子放在一个屋顶上，叫他朝四周看，再询问他这座城市里住的是些什么样的人，还有这座城市是由哪些人管辖的。

男孩子仔细观察着那座城市。那是一座很大的城市，宏伟、壮观地屹立在一大片开阔的田野中央。城市里气派十足、装潢美观的高楼大厦到处林立。在一个低矮的山坡上有一座磨砖砌成的坚固结实的宫殿，宫殿里的两座大尖塔直插云霄。"这里大概是国王和他手下住的地方吧。"他说道。

"猜得倒不大离谱，"渡鸦回答说，"这座城市早先曾经是国王居住的，但是昔日辉煌的时代已经一去不复返了。"

男孩子又朝四周看了看，只见一座大教堂在晚霞中熠熠生辉。那座教堂有三个高耸入云的尖塔、庄严肃穆的大门和浮雕众多的墙壁。"这里也许住着一位主教和他手下的牧师吧?"他说道。

"猜得差不多,"渡鸦回答说,"早先这里曾经住过一个同国王一样显赫的大主教。时到今日,虽然还有个大主教住在里面,但是掌管国家大事的再也不是他喽。"

"这些我就猜不出来啦。"男孩子说道。

"让我来告诉你,现在居住和管辖这座城市的是知识。"渡鸦说道,"你所看到的那四周大片大片的建筑物都是为知识和有知识的人兴建的。"

男孩子几乎难以相信这些话。"来呀,你不妨亲眼看看。"渡鸦说道。随后他们就各处漫游,参观了这些大楼房。楼房的不少窗户是打开着的,男孩子可以朝里面看到许多地方。他不得不承认渡鸦说得对。

巴塔基带他参观了那个从地下室到屋顶都放满了书籍的大图书馆。他把男孩子带领到那座人们引以为豪的大学主楼,带他看了那些美轮美奂的报告大厅。他驮着男孩子飞过被命名为古斯塔夫大楼的旧校舍,男孩子透过窗子看到里面陈列的许多动物标本。他们飞过培育着各种奇花异卉、珍稀植物的大温室,还特意到那个长长的望远镜筒指向天空的天文观察台上去游览了一番。

他们还从许多窗户旁边盘旋而过,看到许多鼻梁上架着眼镜的老学者正端坐在房间里潜心看书写文章,房间四面书籍满架。他们还飞过阁楼上大学生们住的房间,大学生们直着身子躺在沙发上手捧厚书认真阅读。

渡鸦最后落在一个屋顶上。"你看看,我说得没有错吧!知识就是这座城市的主宰。"他说道。男孩子也不得不承认渡鸦说的委实在理。"倘若我不是一只渡鸦,"巴塔基继续说道,"而是生来就像你一样的人,那么我就要在这里住下来。我要从早到晚天天都坐在一间装满书本的房间里,把书籍里的一切知识统统都学到手。难道你就没有这样的兴趣吗?"

"没有,我相信我宁可跟着大雁到处游荡。"

"难道你不愿意成为一个能够给别人治愈疾病的人吗?"渡鸦问道。

"唔,我愿意的。"

"难道你不想变成一个能够知道天下发生的大小事情,能够讲好几种外国的语言,能够讲出太阳、月亮、星星在什么轨道上运行的人?"

"唔,那倒真有意思。"

"难道你不愿意学会分清善恶、明辨是非吗?"

"那倒是千万不可缺少的,"男孩子回答说,"我这一路上已经有许多次亲身体会啦。"

"难道你不想学业出色,当上个牧师,在你家附近的教堂里给乡亲们传播福音?"

"哎哟,要是我那么有出息的话,我爸爸妈妈准要笑得嘴巴都合不拢了。"男孩子答道。

渡鸦就这样启发男孩子懂得了在乌普萨拉大学读书做学问的人是何等幸福,不过大拇指那时候还没有想成为他们当中的一个的热切愿望。

说也凑巧,乌普萨拉大学城一年一度迎接春天来到的盛大集会正好在那天傍晚举行。

大学生们络绎不绝地到植物园来参加集会,尼尔斯·豪格尔森有机会就近看到他们。他们头上戴着白色的大学生帽,排成很宽很长的队列在街上行走,这就像整个街道变成了一条黑色的湍流,一朵朵白色的睡莲在摇曳晃动。队伍最前面是一面白色绣金边的锦旗,大学生们唱着赞美春天的歌曲在行进。可是尼尔斯·豪格尔森仿佛觉得这不是大学生们自己在歌唱，而是歌声萦绕在他们的头顶上。他想道，那不是大学生们在歌唱春天，而是那深藏不露的春天正在为大学生们歌唱。他无法相信，人的歌声竟会那么嘹亮，就像松柏树林里刮过的松涛声，就像钢铁锤击那样的铿锵声，也像野天鹅在海岸边发出的鸣叫声。

植物园里的大草坪嫩绿青翠，树木的枝条都已经泛出了绿色，绽出了嫩芽骨朵。大学生们走进去以后，集合在一个讲台前，一个英俊洒脱的年轻人踏上讲台对他们讲起话来。

讲台就设置在大温室前面的台阶上，渡鸦把男孩子放在温室的棚顶上，他就安安详详地坐在那里，听着他们一个接一个地发表演讲。最后，一位上了年纪的长者走上讲台。他说，人生之中最美好的岁月就是在乌普萨拉度过的青春韶光。他讲到了宁静优美的读书生活和只有在同学的交往之中才能享受得到的瑰丽多姿而又轻松活泼的青春欢乐。他一次又一次讲道，生活在无忧无虑、品格高尚的同学们中间乃是人生最大的乐趣和幸福。正是因为如此，艰辛的学习才变得如此令人快慰，使得悲哀如此容易被人忘记，使得希望变得如此光明。

男孩子坐在棚顶上，朝下看着在讲台周围排成半圆形的大学生。他渐渐明白过来，能够跻身到这个圈子里是最最体面不过的事情，那是一种崇高的荣誉和幸福。每个站在这个圈子里的人都显得比他们单独一人的时候要高大得多，因为他们都是这一群体之中的。

每一次演讲完毕之后歌声立即响彻云霄，每当歌声一落就又开始演讲。男孩子从来没有想到过，也不曾领略过，把那些言语词句串联到一起竟会产生那么大的力量，可以使人深深感动，也可以使人大受鼓舞，还可以使人欢欣雀跃。

尼尔斯·豪格尔森的目光多半是朝着那些大学生的，不过他也注意到植物园里并不是只有大学生。那里还有不少穿着艳丽、头戴漂亮帽子的年轻姑娘，以及许多别的人。不过他们好像也同他一样，到那里是为了看看那些大学生的。

有时候演讲和歌唱之间出现了间歇，那时大学生的行列就会解散开来，人们三五成群地分布在整个花园里。待到新的演讲者一登上讲台，听众们又围聚到他的周围，那样一直持续到天色昏暗下来。

迎春集会结束了，男孩子深深地吸了一口气，揉了揉眼睛，仿佛刚刚从梦中惊醒过来。他已经到了一个他以前从来没有踏进去过的陌生国度。那些青春年少、对未来信心十足的大学生身上散发出来一股欢乐和幸福感,这也传染给了男孩子,他也像大学生们那样沉浸在欢悦之中。可是在最后的歌声完全消失之后,男孩子却有了一种茫然若失的惆怅,他哀怨自己的生活是那么一团糟,越想心里越懊恼,甚至都不愿意回到自己旅伴的身边去了。

一直站在他身边的渡鸦这时候开始在他耳朵边聒噪起来:"大拇指,现在可以告诉你,你怎样才能重新变成人了。你要一直等到碰到一个人,他对你说他愿意穿上你的衣服,跟随大雁们去游荡。你就抓紧机会对他说……"巴塔基这时传授给男孩子一句咒语,那咒语非常厉害和可怕,非到万不得已不能高声讲出来,所以他只好对男孩子咬耳朵。"行啦,你要重新变成人,就凭这句咒语就足够了。"巴塔基最后说道。

"行呀,就算是足够了,"男孩子怏怏不乐地说道,"可是看样子我永远也不会碰到那个愿意穿上我的衣服的人。"

"也不是说绝对碰不上。"渡鸦说道。随后渡鸦把男孩子带到城里,放在一个阁楼外面的屋顶上。房间里亮着灯,窗户半开半掩,男孩子在那里站了很久,心想那个躺在屋里睡觉的大学生是多么幸福。

考 验

大学生突然从睡梦中惊醒过来，看见床头柜上的灯还亮着。"哎哟，我怎么连灯都忘记关了。"他想道，便用胳膊支起身子来把灯关掉。但是他没有来得及把灯关掉，就看到书桌上有个什么东西在爬动。

那间房间很小，桌子离床不远，他可以清晰地看到书桌上杂乱无章地堆放着的书籍、纸张、笔，还有几张照片。他眼睛也扫到了临睡前没有收拾掉的酒精炉和茶具。然而就像清清楚楚地看到别的东西一样，他竟还看见一个很小的小人儿，匍匐在黄油盒子上，正在往他小手里拿着的面包上抹黄油。

大学生在白天里经历的坏事太多，所以对眼前的怪事反而见怪不怪了。他既不害怕，也不惊慌，反而无动于衷地觉得有个小人儿进屋来找点东西吃没有什么可大惊小怪的。

他没有伸手去关灯就又躺下了，他眯起眼睛躺在那儿偷偷地觑着那个小人儿的一举一动。小人儿非常惬意自如地坐在一块镇纸上，津津有味地大嚼着大学生吃晚饭时留下的残羹剩饭。看样子，小人儿细嚼慢咽，在细细地品尝食物的滋味。他坐在那里，双眼半开半闭，舌头吧嗒吧嗒地舔着嘴巴，吃得非常香。那些干面包皮和剩奶酪渣对他来说似乎都是珍馐佳肴。

那个小人儿在吃饭的时候，大学生一直没有去打扰他。等到小人儿打着饱嗝再也吃不下去的时候，大学生便开口同他攀谈起来了。

"喂，"大学生说道，"你是什么人？"

男孩子大吃一惊，不由得拔腿就朝窗口跑去。但是他一看那个大学生仍旧一动不动地躺在床上没有起身来追赶他，就又站住了。

"我是西威曼豪格教区的尼尔斯·豪格尔森，"男孩子如实告诉说，"早先我也是一个同你一样的人，后来被妖法变成了一个小精灵，从此以后我就跟着一群大雁到处游荡。"

"哎哟，天下事真是无奇不有。"大学生惊叹说，并且开始问起男孩子的日常近况，直到他对男孩子离家出走以后的状况有了大致的了解。

"你倒真过得还不错，"大学生赞美说，"谁要能够穿上你的衣服到处去遨游,那岂不可以摆脱人生的一切烦恼!"

渡鸦巴塔基这时正好来到窗台上,当大学生信口说出那些话的时候,他就赶紧用嘴啄窗玻璃。男孩子心里明白,渡鸦是在提醒自己:千万不要错过机会,一旦大学生说出那句话,就赶紧念咒语,免得坐失天赐的良机。"喂,你不肯同我更换衣服的,"男孩子说道,"当上了大学生的人是得天独厚的,怎么肯再变成别的人!"

"唉,今天早晨我刚醒过来的时候,也还是这么想来着,"大学生长吁一声说道,"但是你知道今天我出了什么样的事情啊!我真正算是完蛋啦。倘若我能够跟着大雁一走了之,那对我来说是最好不过啦。"

男孩子又听见巴塔基在啄打玻璃,而他自己的脑袋开始晕眩,心在怦怦跳个不停,因为那个大学生快要说出那句话来了。

"我已经告诉你我的事情了,"男孩子对大学生说道,"那么你也给我讲讲你的事情吧!"大学生大概是因为找到了一个可以一吐衷肠的知己而心头松快了一些,便原原本本地把所发生的事情讲了出来。"别的事情倒无所谓,过去也就算了,"大学生最后说道,"我最伤心和不堪忍受的是,我给一个同学带来了不幸。倘若我穿上你的衣服,跟着大雁一起去漫游,那么对我会更好一些。"

巴塔基拼命啄打着玻璃,但是男孩子却稳坐不动,一声不吭地默坐了很长工夫,双眼看着大学生出了神。

"请你稍等一下!我马上就给你回话。"男孩子压低了声音对大学生说道,然后他步履蹒跚地走过桌面,从窗户里跨了出去。他来到窗户外的那个房顶上时,看到朝阳正在冉冉升起,橘红色的朝霞映亮了整个乌普萨拉城,每一座尖塔和钟楼都沐浴在晨曦的光芒之中熠熠生辉。男孩子又一次情不自禁地赞美说,这真是个充满欢乐的城市。

"你是怎么回事啊?"渡鸦埋怨说,"你白白地把重新变成人的机会错过了。"

"我一点儿也不在乎让那个大学生当我的替身。"男孩子理直气壮地说道,"我心里非常不好受的是那部手稿丢失得太可惜啦。"

"你用不着为这件事犯愁,"渡鸦说道,"我有办法把那些手稿弄回来。"

"我相信你有本事把那些手稿找回来,"男孩子说道,

"可是我拿不准你究竟肯不肯这样做。我最希望的是把手稿完好地归还大学生。"

巴塔基一句话都没有再说，张开翅膀飞入云霄。不久之后就衔回来两三张稿纸。他飞来又飞去，整整飞了一个来小时，就像燕子衔泥筑窝那样勤奋，把一张张手稿交到男孩子手里。"行啦，我相信现在我已经差不多把所有的手稿都找回来啦。"渡鸦巴塔基最后站在窗台上大口大口地喘着气说道。

"多谢你啦，"男孩子说道，"现在我进屋去同那个大学生说几句话。"在这时候，渡鸦巴塔基乘机朝屋里瞅了一眼，只见那个大学生正在一页一页地将那份手稿展平叠齐。"唉，你真是我碰到过的天字第一号大傻瓜！"巴塔基忍耐不住心头怒火，朝着男孩子发作起来，"难道你把手稿交还给了那个大学生？那么你就用不着再进去同他讲话了。他决计再也不会说他愿意变成你现在这副模样的人啦。"

男孩子站在那里，凝视着小房间里那个身上只穿了一件衬衫，高兴得手舞足蹈的大学生。然后，他回过头来对巴塔基说道："巴塔基，我完全明白你的一番好心，你是想让我经受一下考验。你大概在想，要是我果然苦去甜来的话，我想必会撇下雄鹅莫顿，让他孤零零地去应付这段艰难旅程中的一切风险，可是当那个大学生讲起他的不幸时，我意识到背弃一个朋友是何等不义和丑恶，所以我不能做出那样的事情来。"

渡鸦巴塔基用一只爪子搔着后脑勺，脸色显得非常尴尬。他一句话都没有多说，驮起男孩子就朝着大雁们栖息的地方飞去。

小灰雁邓芬

小灰雁邓芬是一只温柔体贴、善解人意的鸟儿。所有的大雁都非常喜爱她。白雄鹅愿意为她献出生命。只要邓芬一开口要求点什么，领头雁阿卡从不拒绝。

小灰雁邓芬来到梅拉伦湖之后，立即认出了自己的家就在附近。她告诉大雁们离这里不远就是大海，海岸附近有一大群岩石礁，她的父母和姐妹就住在一个岩石小岛上。于是她去央求大雁们，希望在朝北赶路之前，能到她家顺便拜访一趟，这样她可以让自己的亲人们知道她还活着，她们一定会很高兴，大喜过望的。

出乎意料的是这次阿卡直截了当地拒绝了她的请求，因为她觉得邓芬的父母和姐妹把她活生生地遗弃在厄兰岛上，根本不疼爱她。可是邓芬却有不同的看法。

"他们眼巴巴地看着我无法飞行，叫他们有什么法子呢？"她说道，"他们总不能因为我的缘故而固守在厄兰岛上呀。"

小灰雁邓芬再三恳求,大雁阿卡终于同意了,让她如愿以偿。虽然大雁们觉得已经太迟了,应该一直朝北飞去,但为了照顾小灰雁邓芬,阿卡答应到小海岛上看看她的全家,可是来回路程不能超过一天时间。

那天清早天际刚露出鱼肚白,大雁们便饱餐了一顿,然后就朝东飞去。他们越是朝东飞,湖面上的船只往来就越繁忙,湖岸上的建筑物就越密集。男孩子正兴致勃勃地俯视湖岸上的那些可爱的建筑物,小灰雁邓芬突然大声尖叫起来:"那边就是斯德哥尔摩!我认出来啦,一点儿没错,那边就是那座漂浮在水面上的城市。"

男孩子坐直身体,朝前看去,只见迷茫的薄雾在水面上翻滚着。可是,渐渐地男孩子透过薄雾轻烟辨认出了那些时隐时现高入云际的尖塔和窗户成行成排的高楼大厦,不过,它们都被薄得透明的轻雾笼罩住了。

男孩子知道,他们正在城市上空飞翔,因为他看到四面八方都有刺破云雾的屋顶和尖塔。大雁们飞得很快,他们刚刚飞过城市之后,男孩子转过头来,想再仔细看看那座城市,但是未能如愿。这座城市的面目变幻莫测,竟换了模样，仿佛遭受魔法蛊惑了一样。在旭日照耀下，深雾的颜色变成了非常明亮的朱红色、湛蓝色或者金黄色。那些房屋都变成了白颜色，似乎它们是用光造成的，而窗子和塔尖却像熊熊烈火般地闪闪发亮。而所有的建筑物同方才一样，都是浮动在水面上的。

雁群笔直朝东飞去，展现在他们身底下的是辽阔浩渺的水面和大得多的岛屿。岛屿上除了树木还有农舍和渔民的小屋。

他们又向前飞了一段，有人居住的岛屿也没有了，只有辽阔无际的大海，澄波万顷，无数小岩石岛星罗棋布地撒落在水面上。

雁群降落在一个岩石岛上。小灰雁邓芬的父母和她的姐妹们就住在这个岛上。小灰雁邓芬的父母都非常善良。他们在那个岛上居住的时间比别的任何鸟都长久，他们对所有新来者都想方设法给予帮助，他们看到雁群飞落下来了，不过他们都没有认出邓芬也在其中。

"真是咄咄怪事，竟会有雁群降落到这么一个荒僻的孤岛上来，"那只老雄灰雁沉思道，"这是一个很出色的雁群，只消看看他们的飞行就可以知道他们身手不凡。可是一下子要为那么多客人寻找觅食的地方，可不是件容易的事情。"

"哦，我们还不至于拥挤到无法接待他们。"他的妻子回答说，她也同小女儿邓芬一样温柔善良。

阿卡一行走过来了，邓芬的父母亲赶紧迎上前去，他们刚要张口对阿卡的雁群来到岛上表示欢迎，小灰雁邓芬迫不及待地飞过来落在父母中间。

"爸爸，妈妈，我回来啦！难道你们没有认出女儿邓芬来吗？"她急不可耐地叫喊道。起初两只老灰雁有点茫然，弄不清楚这是怎么一回事儿，待到他们看到了自己的亲生女儿，不禁喜出望外，欢乐的泪水夺眶而出。

于是大雁们、雄鹅莫顿和邓芬自己都七嘴八舌地讲起了邓芬获救的经过。这时，邓芬的姐妹文珍妮和古安娜[1]也匆匆奔跑过来，她们俩从老远就呼喊着妹妹，对邓芬平安归来显得那么欣喜雀跃，邓芬心里非常感动。

大雁们觉得这个荒岛倒挺惬意的，于是决定在这里过夜，第二天早上再继续飞行。

---

[1] "邓芬""文珍妮""古安娜"，三只小灰雁的名字在瑞典语中分别意为"美丽的羽毛""美丽的翅膀"和"金色的眼睛"。

第二天清早,雄鹅在太阳出来之前就醒来了。他站在岩石岛屿的最高处四下巡视。过了一会儿,他就看见一只黑色大鸟从西面飞了过来。这不是一只普通的鸟,他的翅膀巨大无比,原来是一只苍鹰。雄鹅这一下傻了眼,但他毫不畏惧,连一点点回避同那只苍鹰交锋的念头都没有。

苍鹰俯冲而下,用利爪抓住一只海鸥,还没有等他张开翅膀飞开去,雄鹅莫顿就抢上前去。

"喂,把海鸥放开,"雄鹅厉声喝道,"再也不许到这里来为非作歹,否则我就要叫你尝尝我的厉害!"

"这是从哪里冒出来的一个疯子,"苍鹰惊愕不止地说道,"也算是你走运,我从来不伤害鹅和大雁,否则你就没命啦。"

雄鹅莫顿一头朝苍鹰冲了过去,咬他的喉咙,用翅膀扑打他。苍鹰自然立即还手,不过苍鹰仍是半真半假地调侃着雄鹅,只使出了几分气力来对付他。

男孩子躺在一块平坦温暖的岩石上晒着太阳,小灰雁邓芬惊慌失措地奔跑过来尖声呼喊道:"大拇指,大拇指,不好啦,雄鹅莫顿快被一只苍鹰撕得粉身碎骨啦!"

"让我骑在你的背上,邓芬,快把我带到他那里去。"

男孩子轻巧地跨上小灰雁邓芬的背。

当男孩子来到那里的时候，雄鹅莫顿已经被抓得浑身血渍斑斑，翎羽凌乱，样子狼狈不堪。男孩子对付不了苍鹰，他只好去搬援军。

"邓芬，快去！把阿卡和大雁统统叫来！"他高声喊叫。男孩子这么一喊，苍鹰停下来不再扑打雄鹅了。苍鹰高傲地凝视着大拇指。

"请转达老鹰高尔果对她的问候，"苍鹰说道，"请告诉阿卡，这是一场误会，我万万没有料到，在这深海孤岛上竟会碰到她和她手下的大雁。"说罢，他亮开双翅，矫健悠然地飞走了。

当男孩子向阿卡转达老鹰的问好时，阿卡只轻描淡写地说了一句"哦，知道了"，似乎她正在考虑什么更重要的事情。男孩子对阿卡的反应感到很奇怪，不过，没过多久，男孩子就去想别的问题了，把这件事忘得一干二净。

雁群清早动身起飞离开小岩石岛，小灰雁邓芬被姐妹们叫去探望一位老渔夫，没有来得及跟上，但是妹妹文珍妮却跟在雁群后面飞行。

他们朝着靠近陆地的岩石岛群飞了很长一段时间以后，

男孩子发觉跟在后面的那只灰雁有点奇怪。

"阿卡，快转过头来！"男孩子失声惊呼道，"我们搞错啦！跟在我们后面飞的是文珍妮！"

阿卡和其他大雁马上转过身来，朝那只灰雁围了上去。那只灰雁没有立即夺路而逃，相反她一个冲刺蹿到大白鹅身边，用喙叨起了大拇指，这才匆匆逃走。

文珍妮在前面拼命逃跑，雁群在后面紧追不舍。忽然间，他们听到了一声枪响，一股很细的白色烟尘从海面上升起。没有一只鸟被子弹击中，但是就在这时，文珍妮张开嘴巴，使得大拇指摔了下去，栽进了那无际的碧波之中。

斯德哥尔摩

斯德哥尔摩郊区有一个很大的公园，叫斯康森[1]，那里收集了许多稀奇古怪的东西。几年以前，斯康森公园有一个名叫克莱门特·拉尔森的小老头，他是海尔星兰省人，到斯康森来是为了用他的小提琴演奏民间舞曲和古老的乐曲。他主要在下午出来为游人演奏乐曲，上午他一般是坐在那里照看从全国各地运到斯康森来的各具特色的、别致的农舍。

起初，克莱门特觉得他晚年的日子过得很好，是他以前连做梦都不敢想的。但过了一段时间，他开始感到有点望而生畏，尤其是在看管农舍的时候更是如此。当有人到农舍来参观的时候，倒还算可以，但是有时候克莱门特独自一人一坐就是几个小时。这时他就会十分想念家乡，甚至担心自己

---

[1] 斯康森，公园位于斯德哥尔摩的尤尔高登（意译为动物园）岛上，建于1891年，1963年起成为北欧博物馆的一部分。它包括一个由125座建筑组成的露天博物馆和一个北欧最大的动物园。

会不得不辞去目前的职务而回去。他非常穷,他也知道,他回家后,就将成为教区济贫院的累赘,因此,尽管他觉得日子一天比一天难熬,但是他仍然努力坚持到最长的时间。

五月初的一个风和日丽的下午,克莱门特有几个小时的空闲时间,于是他就沿着斯康森下面的一个陡坡往下散步。那时,他遇见了一个在海岛上打鱼的人,他正背着鱼篓迎面走来。这是个年轻力壮、动作敏捷的小伙子,他经常到斯康森来出售他捉到的活海鸟。克莱门特曾经见过他好几次。

打鱼的人叫住克莱门特,问他斯康森的总管是不是在家。克莱门特回答了他的问话,然后就问他鱼篓里装的是什么珍品。"你可以看看我抓到了什么,克莱门特,"打鱼人回答说,"但希望你能给我提个建议,看我应该开个什么价。"

他递过鱼篓给克莱门特看。克莱门特朝鱼篓里看了一眼,然后又看了一眼,突然他缩回身子,倒退了几步。"我的天哪,奥斯比约恩!"他说,"你到底是怎样弄到他的?"

他记得,当他还是个小孩子的时候,母亲常常给他讲那些住在地板底下的小人儿的事。为了不惹小人儿生气,他不能喊叫,也不能淘气。长大以后,他以为母亲搬出小人儿之类的事只不过是骗人的把戏,为的是不让他淘气。但是,母亲也许不是凭空说说的,因为眼前奥斯比约恩的鱼篓里就躺着一个活生生的小人儿。

孩童时代的恐惧感还没有完全从克莱门特的记忆中消失,只要他看一眼那个鱼篓子,他就感到脊梁骨里直冒凉气。奥斯比约恩察觉到他害怕了,便开始大笑起来,但是克莱门特却对此十分认真,丝毫没有觉得有什么可笑的。"告诉我,奥斯比约恩,你到底是从哪儿弄到他的?"他说。

"我不是特地守候着把他抓来的,这一点请你放心,"奥斯比约恩说,"是他自己到我身边来的。今天早晨一大早我就带着猎枪划船出海了。还没等我离岸多远,就发现一大群大雁叫喊着从东边飞过来。我朝他们开了一枪,但是一只也没有打中。倒是这个小家伙从上面落下来,掉在离我的船很近的水中。我一伸手就把他抓了过来。"

"你没有打中他吧,奥斯比约恩?"

"噢,没有,他安然无恙。但是他刚刚掉下来的时候,惊恐不安,不知所措,我就乘机用一段帆绳头把他的手脚给捆了起来,这样他就跑不了啦。你知道吗,我当时立刻想到把他放在斯康森肯定非常合适。"

在渔民讲述他捉获小人儿的经过时，克莱门特变得极其局促不安。他小时候听说过的关于小人儿的事，他们对敌人的报复之心以及他们对朋友的感激之情，都一一浮现在他的眼前。那些试图抓获他们，把他们当作俘虏的人最终绝不会有好下场。"你当时应该把他放了，奥斯比约恩。"

"我当时的确差一点被迫把他放了，"奥斯比约恩说，"你知道，克莱门特，那些大雁一直跟我到家里。他们围着小岛飞来飞去，整整飞了一个早晨，一边飞一边还大声叫喊着，似乎他们想要回小人儿。这还不算，我们家乡附近那些不值得我打一枪的海鸥、燕鸥以及其他小鸟都落在小岛上，叽叽喳喳叫个不停。只要我一出门，他们就围着我乱飞，害得我不得不又回屋去。我的妻子也请求我把他放了，但是我决心已定，一定要把他送到斯康森来。于是我把我孩子的一个洋娃娃放在窗前，把这个小家伙深深地藏在鱼篓里，然后才上路。那些鸟大概以为放在窗前的洋娃娃就是他，我出来的时候，他们也不追我了。"

"他没有说什么吗？"克莱门特问道。

"说了，开始他就想对着大雁们呼救，但是我没有让他这样做，而是用东西把他的嘴给堵住了。"

"可是，奥斯比约恩，你怎么能这样对待他呢？"克莱门特说，"难道你不知道，他是一种超自然的东西吗？"

"他是什么东西我不知道，"奥斯比约恩平静地说，"这个问题还是让其他人去考虑吧。我抓到了他，只要我能用他换到一笔丰厚的报酬，我就满足了。现在你告诉我，克莱门特，你估计斯康森公园的总管会给我多少钱？"

克莱门特迟迟不回答，但他越来越为小人儿感到不安了。他似乎真的感觉到，母亲就站在他身边对他说，要他永远善待这些小人儿。"我不知道斯康森公园的总管会给你多少钱，奥斯比约恩，"他说，"如果你愿意把他交给我，我会付给你二十克朗。"

奥斯比约恩听到这么大的一笔钱，极其惊奇地看着这位拉提琴的人。他想，克莱门特也许以为小人儿有某种神奇的力量，会给他带来好处。但是他确实不能肯定，总管是否也会这样看重小人儿而愿意出这么高的价钱。于是，他接受了克莱门特提出的价钱。

克莱门特把刚买来的小家伙放进他那宽大的衣袋里，转身回到斯康森公园，进了一间既没有游人也没有看守的小木屋。他随手关上屋子的门,掏出小人儿,小心翼翼地把他放在一张小凳上。小人儿这时手脚还被绑着,嘴里仍然塞着东西说不出话来。

"现在你好好听我说!"克莱门特说,"像你这样的人不喜欢被人看见,而愿意独自做自己想做的事。因此,我想还你自由,但是你必须答应我一个条件,那就是你必须留在公园内,直到我答应你离开这里为止。你要是同意这个条件,就点三下头!"

克莱门特满怀期望地望着小人儿,可是小人儿一动也没有动。

"你在这里是不会遇到什么困难的,"克莱门特说,"我会每天来给你送饭。我想,你在这里有许多可做的事情,你不会觉得度日如年的。但是,在没有得到我的同意之前,你不能到其他任何地方去。让我们来商量一个暗号吧。只要我把你的饭放在一个白色的盘里,你就继续留在这里;要是我把饭放在一个蓝色的盘里,你就可以走了。"

克莱门特又一次停住话头,等待着小家伙做出表示,可是他还是一动也没有动。

"好吧,"克莱门特说,"既然这样,我就没有更多的话要说的了，只好把你交给这里的总管。你会被放在一个玻璃柜子里，斯德哥尔摩这个大城市里所有的人都会来这里看你……"

看来是这番话把小人儿吓坏了，他没有等克莱门特把话说完就迫不及待地点头表示同意。

"这就对了。"克莱门特边说边掏出小刀，把绑着小人儿双手的绳子割断，然后急忙朝门口走去。

男孩子没有去考虑别的什么事情，而是急忙解开绑在脚上的绳子，取出塞在嘴里的东西。当他转过身来想对克莱门特·拉尔森表示感谢时，克莱门特已经走掉了。

克莱门特刚迈出门槛，就遇见一位仪表堂堂、眉清目秀的老先生，他好像正朝附近一处风景区走去。克莱门特记不清他是不是见过这位仪表堂堂的老先生，但是看来老先生一定是在克莱门特以前某个时候演奏小提琴时注意过他，因为老先生停止脚步并开始和他说起话来了。

"你好，克莱门特！"他说，"最近怎么样？你没生病吧？我想，你最近一段时间消瘦了。"

老先生表现出了如此厚爱，克莱门特鼓起勇气向他叙述了自己焦虑不安的思乡之情。

"什么？"这位仪表堂堂的老先生说，"你身处斯德哥尔摩，还会想念家乡？这绝对不可能。"

这位仪表堂堂的老先生看上去好像有点被惹火了，但是他也许又想，他只是在同一个老朽无知的海尔星兰老头儿说话，因此又恢复当初友好的态度。

"你肯定没有听说过斯德哥尔摩的来历，克莱门特。你要是听说过的话，就会知道，你想离开这里，回到家乡，只不过是你的一种幻觉。你跟我来，到那边的凳子上去坐一会儿，我给你讲讲关于斯德哥尔摩的情况！"

这位老先生在凳子上坐下来，首先俯视一下，他居高临下，极目远眺，整个斯德哥尔摩的秀丽景色尽收眼底。然后他深深地吸了一口气，似乎要把这美丽的景色全都吸进他的心肺。然后他转向拉小提琴的老头儿，说："你看见了吗，克莱门特？"

他边说边在跟前的沙土上画了一幅小地图：

"这里是乌普兰，从这里向南伸出了一个被许多港湾切割得支离破碎的岬角。在这里，瑟姆兰和另一个同样支离破碎、一直向北伸展的岬角接壤。这里，西边是一个布满小岛的湖，叫梅拉伦湖。东边是另一片水域，它几乎在岛和礁石之间挤都挤不进来,这就是波罗的海。这里,克莱门特,乌普兰和瑟姆兰、梅拉伦湖和波罗的海交界的地方,有一条小河,河的正中有四个小岛,把河分成几条支流,其中的一条现在叫作诺尔斯特罗姆,但是以前叫斯德克松德。

"这些小岛开始只是一些长着阔叶树的普通小岛,就像现在梅拉伦湖中的许多岛屿一样,长期没有人居住。你可以这么说,它们位于两片水域、两个省份之间,所处的位置很好,但是过去从来没有人注意过。时间一年又一年地过去了。梅拉伦湖中的岛屿上和外面的群岛上都有人居住了,然而小河中的四个小岛上依然没有人居住。偶尔有航海的人在某个小岛上登陆,支起帐篷过夜,但是没有人在那里正式定居。

"有一天,一位住在盐湖里梨亭岛上的渔民驾船驶进了梅拉伦湖。那天,他运气特别好,打了好多好多的鱼,一时竟忘了及时回家。他刚驶到那四个小岛附近,天就黑了。这时他想,只好先到其中的一个岛上去待一会儿,等晚些时候有了月光再走。除此之外,没有更好的办法了,他知道那天夜里是会有月亮的。

"时值夏末,尽管天色开始变黑了,但是天气仍然很温暖、很晴朗。渔民将他的小船拖上岸，头下枕着一块石头，在小船旁躺下睡着了。当他醒来的时候，月亮早就升起来了。明月高悬，月光皎洁，照得大地几乎同白昼一样。

"渔民迅速站了起来，刚要把船放下水，突然看见河中有许多小黑点在移动。那是一大群海豹，正全速向他所在的小岛游来。当他发现海豹游近小岛，要爬上岸时，就弯下腰去找他一直放在船上的鱼叉。但是，当他直起身来时，海豹却都不见了。岸上只有一群美丽无比的年轻姑娘，她们身穿拖地的绿色绸裙，头戴镶着珍珠的圆帽。渔民立刻明白了，那是一群居住在遥远荒芜的海岛上的海上仙女，此时她们披着海豹皮是为了能够到陆地上来，以便在翠绿的岛上趁着月光尽情地欢乐。

"渔民悄悄地放下鱼叉，等仙女们爬上岛来玩耍的时候，他偷偷地跟在后面，观察她们。他以前听人说过，仙女们个个都长得娇媚俏丽、楚楚动人，凡是见过她们的人无不为她们的美貌所倾倒。他现在不得不承认，那种说法一点儿也不夸张。

"他看着她们在树下跳了一会儿舞之后，便蹑手蹑脚地走到岸边，拿走了仙女放在那里的一张海豹皮，把它藏在一块石头底下，然后，他又回到小船边躺下，假装睡觉。

"过了不多久，他看见仙女们来到岸边开始穿海豹皮了。起初还是一片嬉笑声和打闹声，转而却传来了哀叹和埋怨声，因为其中的一位仙女找不到她的海豹皮。她们在河边东奔西跑，帮助她寻找，但什么也没有找到。在寻找过程中，她们发现，东方已泛出鱼肚白，白天就要来临了。当时，她们觉得不能再在岸上待下去了，于是，她们就一起游走了，留下那位丢了海豹皮的仙女坐在岸上哭泣。

"渔民显然觉得她非常可怜，但是仍然强迫自己静静地躺着等待天亮。天一亮，他就站起来，把小船放到水里，假装是在提桨划船时偶然发现了她。'你是什么人？'他喊道，'你是不是乘船遇险的乘客？'

"她急忙朝他跑过来，问他有没有看见她的海豹皮，但是渔民装作根本听不明白她问的是什么问题。于是她又坐下去哭了起来，而这时他却建议她跟他一起上船。'跟我回家去吧，'他说，'我母亲会照顾你的！这里既没有睡觉的床铺，也没有吃的食物，你总不能老是坐在这个岛上吧。'他说得那样委婉动听，终于说服她跟他一起上了船。

"渔民和他的母亲待那个可怜的仙女特别好，她和他们在一起也觉得很愉快。她一天比一天高兴起来了，帮助老妇人料理家务，就像岛上土生土长的姑娘一样。所不同的是，她比其他任何姑娘都要漂亮。一天，渔民问她愿不愿意做他的妻子，她没有反对，立即同意了。

"于是，他们开始为婚礼做准备了。当海上仙女梳妆打扮要做新娘时，她穿上了渔民第一次见到她时穿的那件拖地绿色绸裙，戴上了那顶闪闪发光的珍珠帽。但是，当时他们住的那个小岛上没有牧师也没有教堂，新郎、新娘和参加婚礼的人便坐上船，往梅拉伦湖里驶去，到他们遇到的第一座教堂里去举行婚礼。

"渔民和他的新娘以及母亲坐在一条船上，他的划船技术出众，很快就超过了其他所有船只。当他划了很远，看见斯特罗门河中的那个小岛时，他禁不住扬扬得意，微笑起来。他就是在那个小岛上得到了这个现在打扮得漂漂亮亮、骄傲地坐在他身边的新娘的。'你在笑什么呀？'她问道。

"'哦，我是在想我把你的海豹皮藏起来的那天晚上。'渔民回答说。他现在觉得对她已有十分的把握，没必要再隐瞒什么了。

"'你在说什么呀？'新娘说，'我根本就没有什么海豹皮。'她好像把过去的事情全忘光了。'你不记得你是怎样和海上仙女们在岸边跳舞的吗?'他又问道。

"'我不知道你在说些什么,'新娘说,'我想你昨天夜里一定做了一个奇怪的梦。'

"'要是我把你的海豹皮拿出来给你看的话,你就会相信我了吧?'渔民说着便立即掉转船头驶向小岛。他们登上岸后,他在藏海豹皮的石头底下找出了海豹皮。

"但是,新娘一看见海豹皮就猛地抢了过来,迅速戴在了头上。那张海豹皮好像有生命似的一下子把她裹了起来,而她则立即跳进了斯特罗门河。

"新郎见她逃跑,便跟着纵身跳进了水里,但是没有抓着她。当他看到没有办法能够留住她的时候,在绝望中他抓起鱼叉向她掷了过去。他投得比他预料的还要准,因为那可怜的仙女发出一声惨叫,消失在深水中。

"渔民仍然站在岸边,期待着她会再次露面。但是这时他却发现,他周围的水开始放射出一种柔和的光彩,呈现出一片他以前从未见过的美丽的景色。水面上闪现出粉红色和白色的光芒,就像是颜色在贝壳的内壁做游戏一样,鲜艳夺目,美不胜收。

"当那闪闪发光的水涌向湖岸时,渔民觉得湖岸也发生变化了。湖岸上鲜花盛开,浓香四溢。湖岸也披上一层柔和的光彩,给人一种以前从未有过的美妙芳香的感觉。

"现在他知道其中的奥秘了。因为与海上仙女们打交道是会出现这样的情况的,凡是看见过她们的人必然会发现她们比其他任何人都要美丽漂亮,而现在当那位仙女的血与水混在一起,沐浴着湖岸时,她的美丽也就转给了湖岸,成了仙女留给湖岸的一份遗产,使得见到这些湖岸的人都会热爱湖岸,渴望到它们那里去。"

那位仪表堂堂的老先生讲到这里停了下来,转向克莱门特并望着他,克莱门特严肃地向他点点头,但是一句话也没有说,为的是不打断他讲故事。

"现在你该看到了吧,克莱门特,"老先生继续说,眼睛里闪现出一道狡黠的目光,"从那时候起,人们就开始向这些岛上迁移了。起初只是渔民和农夫在那里定居,后来其他人也被吸引到那里去了。在一个晴朗的日子,国王和他的总管乘船穿过斯特罗门河到了那里,他们立刻开始谈论起这些小岛来。他们一致认为,这些岛的布局很特别,每一艘要进入梅拉伦湖的船必须经过这些小岛。总管提议在这条航道上建造一座船闸，可以随意开启或关闭：放行商船，而将强盗船拒于闸外。"

"结果真的那样做了。"那位老先生说着，又站起身来开始用他的手杖在沙地上画了起来，"在其中最大的一个岛上，你看，就是这儿，总管修建了一座城堡，上面还有一个非常坚固的主塔，叫作协尔那。人们就这样在岛的四周筑起了围墙，围墙的南北两面各有一座城门，上面各有一座坚固的城楼。他们在岛与岛之间修起了桥梁，把各岛屿连接起来，在桥头也修起了高高的塔楼。在所有岛屿周围的水域里，他们埋下了装有栅门的木桩，能开能关，这样，任何船只未经许可都无法通过。

"因此，你看，克莱门特，这四个长期无人注意的小岛很快就成了强大的防御工事。不仅如此，这些湖岸和海峡也吸引着人们，人们从四面八方来到这里，在岛上定居下来。他们开始为自己建造一座教堂，它后来被称为大教堂。大教堂就在这里，紧挨着城堡。在围墙里面，新搬迁来的居民为自己盖起了小茅屋。这里的建筑并不太多，但是在当时不需要太多的建筑就完全可以算作是一座城市了。城市的名字就叫斯德哥尔摩，这个名字一直沿用到今天。

"终于有一天，克莱门特，那位发起这项工程并将它付诸实施的总管寿终正寝了，但是斯德哥尔摩并没有因为失去了这样一位总管而缺少建筑师。一些僧人来到这个国家，他们是方济各会[1]的修道士。斯德哥尔摩把他们吸引到这里，于是他们也提出要在市内建造一座修道院。他们从国王那里得到了一个岛，比较小的一个岛，就是这个面对梅拉伦湖的岛。他们在这个岛上修建了修道院，因此这个岛被称为灰衣修士岛。但是，其他一些叫黑衣兄弟[2]的修士也来到了斯德哥尔摩，他们也要求得到在斯德哥尔摩建造修道院的权利，他们的修道院就建在斯塔德岛上，离南门不远。在这里，在市区北部最大的一个岛上建起了圣灵院，或者叫医院；在另外一个岛上，勤劳的人们修建了一座磨坊，修士们就在靠近里边的石岛附近钓鱼。你知道，那里现在只剩一个岛了，因为原来位于两个岛之间的运河现在已经被填平了，但这个岛仍然叫圣灵岛。

---

1 方济各会，也称"小兄弟会"。在瑞典，会士因穿着灰色会服，又称为"灰衣修士"或"灰衣兄弟"，是13世纪初意大利人方济各所创建的天主教主要派别之一。
2 黑衣兄弟，系西班牙教士多明我于1216年创建的多明我会的派别之一。在瑞典，会士因着黑色斗篷，又称"黑衣修士"。

"现在,克莱门特,原来长满了阔叶树林的小岛早已盖满了房子,但是人们还是源源不断地涌向这里,你知道,是这里的湖岸和水把人们吸引来的。圣克拉拉教会[1]虔诚的女教徒也来到这里,申请建筑用地。对于她们来说,她们没有其他选择,只能在北岸住下来,就是那个叫诺尔马尔姆的地方。她们对此当然不十分满意。因为那里地势较高,而且斯德哥尔摩市的绞刑架就竖在高地上,因此那里就成了被人瞧不起的地方。尽管如此,圣克拉拉教会的女教徒们还是在高地下的湖岸上建起了她们的教堂和长长的修道院房子。她们在那里扎根后不久,更多的追随者也来到了那里。在往北较远的地方,也就是在高地上,人们建造了一座带教堂的医院,奉献给圣约然[2],在高地下的这个地方又为圣雅各布修建了一座教堂。

"就是在山峦沿着河岸而耸立的瑟德马尔姆,人们也大兴土木。人们在那里为圣母玛利亚修了一座教堂。

"但是你千万不要以为,克莱门特,移居到斯德哥尔摩的只是些修道院的修士和修女。还有其他好多人呢,其中

---

[1] 圣克拉拉教会,13世纪初建立的瑞典天主教组织。
[2] 圣约然,即圣乔治,英国守护神,每年4月23日为圣乔治日。

最多的是大批德国商人和手艺人。他们比瑞典人手艺精、技术好，更善于做生意，因此很受欢迎。他们在城内住下来，拆掉了原来的矮小简陋的房屋，用石头建起了高大华丽的房子。但是，城内空地很有限，他们不得不一幢紧挨着一幢盖房子，山墙对着狭窄的街道。

"是啊，你看到了吧，克莱门特，斯德哥尔摩是能够把人们吸引到它的身边的。"

这时，另外一位先生快步从小道上朝他们走了过来。但是，和克莱门特说话的老先生一摆手，那个人便在远处停了下来。这位充满自豪感的老先生这时又在克莱门特旁边的长凳上坐了下来。

"现在我要你为我做一件事，克莱门特，"他说，"我没有更多的机会跟你交谈了，但是我会让人送给你一本关于斯德哥尔摩的书，你要从头至尾仔细把它阅读一遍。现在，我可以说，我已经为你了解斯德哥尔摩打下了一个基础，下一步就要看你自己的了。你要继续读书，以便了解这座城市的变迁史。读一读这座建造在群岛上的城市是如何由一个街道狭窄、四周有围墙的小城市扩展开来，成为一座展现在我们面前的由房子的海洋组成的城市吧。读一读人们是怎样在那个幽暗的协尔那所在地修建起了我们那座金碧辉煌的壮丽宫殿，以及灰衣修士教堂是怎样成为瑞典皇家墓地的吧！读一读一座又一座的小岛又是怎样造满了房子！读一读南城和北城的菜园如何变成了漂亮的公园和居住区！读一读一座座高坡地是怎样降低的，一个个海峡是怎样填平的！读一读历代国王的御苑是怎样成为人民最喜爱的游览区的！你应该把这里当作你的家乡，克莱门特。这座城市不仅仅属于斯德哥尔摩人，它也是属于你和全瑞典的。

"当你阅读有关斯德哥尔摩的书的时候，克莱门特，请你注意，我上面所说的句句都是实话，它有把所有人吸引到这里来的力量！先是国王搬到了这里，那些显贵要人也在这里建起了他们的大公馆，然后，其他人也一批接一批地被吸引到这里，现在你看，克莱门特，斯德哥尔摩已不再是一座孤立的城市，也不是一座属于其周围地区的城市，而是一座属于全国的城市。

"你知道，克莱门特，每一个教区都要召开自己的议事会，但是斯德哥尔摩却召开全国人民的议会会议。你知道，全国各地每个司法管辖区都有一名法官，但是斯德哥尔摩却有一个统辖他们的法院。你知道，全国各地到处都有兵营和部队，但是统辖他们的指挥官却在斯德哥尔摩。铁路四通八达，伸向全国的每个角落，但是管理庞大的铁路系统的机构却设在斯德哥尔摩。这里还设有牧师、教师、医生、地方行政司法机构人员等的委员会。这里是我们这个国家的中心，克莱门特。你衣袋里的钱是从这里发行的，我们贴在信封上的邮票也是这里印的。这里可以向所有的瑞典人提供他们需要的东西，所有的瑞典人也可以在这里订货。在这里，谁也不会感到陌生和想家。这里是所有瑞典人的家。

"当你阅读书中所写的关于那些集中到斯德哥尔摩来的东西的时候，克莱门特，还要想一想以下几种被吸引到这里的东西，即斯康森那些古老的农舍，那些古老的舞蹈、古老的服装和古老的家庭用品，那些拉提琴的人和讲故事的人。斯德哥尔摩把所有美好的和古老的东西都吸引到了斯康森，以便纪念它们，使它们在世人面前增添新的光彩。

"但是，你特别要记住，克莱门特，当你阅读有关斯德哥尔摩那本书的时候，你必须坐在这个地方！你将看到波浪是如何闪射出令人欢悦的光彩，湖岸是如何放射出美丽的光芒。你要设想你已经进入梦幻之境，克莱门特。"

那位洒脱的老先生提高了嗓门儿，使得他的话听起来像一道坚决而有力的命令，他的眼睛也闪现出炯炯目光。他站起身来，轻轻地挥了一下手，便离克莱门特而去。克莱门特此时也明白，与他说话的人肯定是一位高贵的先生，他在老先生身后深深地鞠了一躬。

第二天，一位宫廷侍臣给克莱门特送来了一本大红皮书和一封信。信中说，书是国王送给他的。

在这以后的几天里，小老头克莱门特·拉尔森整天晕头转向，魂不守舍，从他的嘴巴里几乎不可能说出一个明智的字眼。一个星期后，他就到总管那里去辞职，他认为他不得不回家乡去。"你为什么要回家？难道你不能设法使自己适应这里的生活吗？"总管问道。

"哦，是的，我在这里过得很好，"克莱门特说，"现在这个问题已不再成为问题了。但是不管怎么样，我必须回家。"

克莱门特处于进退两难的境地，因为国王对他说过，要他设法去了解斯德哥尔摩，适应这里的生活。但是克莱门特必须先回家去，把国王对他说过的话告诉家乡的父老乡亲们，否则他是怎么也平静不下来的。他要站在家乡的教堂门口，向高贵的和卑贱的人们叙述国王待他是如何地善良友好，曾同他肩并肩坐在一条凳子上，在百忙中抽出时间来同一个老朽、贫困的拉提琴的人谈话，用了整整一个小时的时间来消除他的思乡之苦，并且送给他一本书。在斯康森向拉普族老头和达拉那妇女讲述这些会是件了不起的大事，但是同家乡的人们讲述这些又会怎么样呢？

即使克莱门特进了济贫院，因为有了这次同国王谈话的经历，他今后的处境也不会困难的。他现在已经是一个同以前截然不同的人了，人们会对他另眼相待，会尊敬他的。

克莱门特已无法克制这种新的思乡之情。他必须去找总管，向他说明他不得不辞职回家乡去。

老鹰高尔果

在峡谷里

在拉普兰北部的崇山峻岭中，有一个年代悠久的老鹰巢，巢筑在从陡峭的山壁伸出的一块岩石上，是用树枝一层一层叠起来筑成的。许多年来，那个巢一直在扩大和加固，如今已有两三米宽，几乎和拉普人[1]住的帐篷一样高了。

老鹰巢的峭壁底下是一个很大的峡谷，每年夏天都有一群大雁住在那里。这个峡谷对大雁来说是一个极好的栖身之处。它深藏在崇山之中，没有多少人知道这个地方，甚至连拉普人也不知道。峡谷中央有一个圆形小湖，那里有供小雁吃的大量食物。高低不平的湖岸上，长满了柳树丛和矮小的

---

1 拉普人，又称"萨米人"，是瑞典的少数民族，居住在瑞典北部的拉普兰省，以游牧为主，主要饲养驯鹿，部分从事渔业。除瑞典外，挪威、芬兰等国也有拉普族人。

桦树，大雁们可以在那里找到最理想的筑巢地点。

自古以来都是鹰住在上面的悬崖上，大雁住在下面的峡谷里。每年，老鹰总要叼走几只大雁，但是他们能做到不叼走太多的大雁，免得大雁不敢在峡谷里住下去。而对大雁来说，他们也从鹰那儿得到不少好处。老鹰固然是强盗，但是他们却使得其他强盗不敢接近这个地方。

在尼尔斯·豪格尔森跟随大雁们周游全国前的两三年，从大雪山来的领头老雁阿卡一天早晨站在谷底，向上朝老鹰巢望去。鹰通常是在太阳升起后不久便外出去寻猎的。在阿卡住在峡谷的那些夏天里，她每天早晨都是这样等着他们出来，看他们是留在峡谷狩猎，还是飞到其他猎场去追寻猎物。

她用不了等多久，那两只高傲的老鹰就会离开悬崖，他们在空中盘旋着，尽管样子长得很漂亮，但是十分可怕。当他们朝下面的平原地带飞去时，阿卡才松了一口气。

这只领头雁年岁已大，不再产蛋和抚育幼鸟了。她在夏天常常从一个雁窝飞到另一个雁窝，向其他雁传授产蛋和哺育小鸟的经验，以此来消磨时间。此外，她还为其他雁担任警戒，不但监视老鹰的行动，还要警惕诸如北极狐、林鸮和其他所有威胁大雁和雏雁生命的敌人。

中午时分,阿卡又开始监视老鹰的行踪。在她住在峡谷的那些夏天,她天天如此。从老鹰的飞行上阿卡也能看出他们外出狩猎是否有好的收获,如果有好的收获,她就会替她率领的一群大雁感到放心。但是这一天,她却没有看到老鹰归来。"我大概是年老迟钝不中用了吧,"她等了他们一会儿后这样想,"这时候老鹰们肯定早就回来了。"

到了下午,她又抬头向悬崖看去,期望能在老鹰经常午休的突出的岩石上见到他们。傍晚她又希望能在他们洗澡的高山湖里见到他们,但是仍然没有看见他们。她再次埋怨自己年老不中用了。她已经习惯于老鹰们待在她上面的山崖上,她怎么也想象不到他们还没有回来。

第二天早晨,阿卡又早早地醒来监视老鹰,但即使在这个时候她还是没有看见他们。相反,她在清晨的寂静中,却听见一声叫声,悲愤而凄惨,叫声好像是从上面的鹰巢里传来的。"会不会真是上面的老鹰出了什么事?"她想。她迅速张开翅膀,向上飞去,她飞得很高,以便能看清鹰巢里的情况。

她居高临下地往下看,既没有看到公鹰也没有看到母鹰，鹰巢里只剩一只羽毛未全的小鹰，躺在那里喊叫着要吃食。

阿卡慢慢地降低高度，迟疑地飞向鹰巢。这是一个令人作呕的地方，一眼就能看出，这是一个十足的强盗住的地方。窝里和悬崖上到处散落着发白的骨头、带血的羽毛和烂皮、兔子的头、鸟的嘴巴、带毛的雷鸟脚。就是那只躺在那堆乌七八糟的东西当中的雏鹰看了也叫人恶心，他的那张大嘴，披着绒毛的笨拙的身子，羽毛还没长全的翅膀，以及像硬刺一样的尾翎都让人感到很不舒服。

最后，阿卡克服了厌恶心理，落在了老鹰窝边上，但她同时又不安地环顾四周，随时提防那两只老鹰回到家里。

"太好了，终于有人来了，"小鹰叫唤道，"快给我弄点儿吃的来！"

"慢，慢，且不要着急！"阿卡说，"先告诉我，你的父亲母亲在哪里？"

"唉，谁知道啊！他们昨天早晨就出去了，只给我留下了一只旅鼠。你可以想象，我早就把它吃光了。母亲这样让我挨饿真可耻。"

阿卡开始意识到，那两只老鹰真的已经被人打死了。她想，如果她让这只雏鹰饿死的话，她就可以永远摆脱那帮强盗。但同时她又觉得，此时此刻她有能力而不去帮助一只被遗弃的小鸟，良心上总有点说不过去。

"你还站着看什么？"雏鹰说，"你没听见我说要吃东西吗？"

阿卡张开翅膀，急速飞向峡谷里的小湖。过了不多一会儿，她又飞回了鹰窝，嘴里叼着一条小鲑鱼。

当她把小鱼放在雏鹰面前时，雏鹰却恼怒至极。"你以为我会吃这样的东西吗？"他说，随后把鱼往旁边一推，并试图用嘴去啄阿卡，"去给我搞一只雷鸟或者旅鼠来，听见没有！"

这时，阿卡伸出头去，在雏鹰的脖子上狠狠地啄了一下。"我要告诉你，"老阿卡说，"如果要我给你弄吃的，那么就得我弄到什么你就吃什么，不要挑三拣四。你的父亲和母亲都死了，你再也得不到他们的帮助了。你如果一定要吃雷鸟或旅鼠，就躺在这里等着饿死吧，我是不会阻止你的。"

阿卡说完便立刻飞走了，过了很久才回来。雏鹰已经把鱼吃掉了。当阿卡又把一条鱼放在他面前时，他马上就把它吞下去了，尽管看上去很勉强。

阿卡承担了一项繁重的劳动。那对老鹰再也没有露面，她不得不独自为雏鹰寻找他所需要的食物。她给他鱼和青蛙吃，但雏鹰也并没有因为吃这种食物而显得发育不良，相反地，他长得又大又壮。他很快就忘了自己的父母——那对老鹰，以为阿卡是他的亲生母亲。从阿卡这方面来讲，她也很疼爱他，就好像他是自己的亲生孩子。她尽力给他良好的教养，帮助他克服野性和傲慢。

几个星期过去了，阿卡开始察觉到，她脱毛不能飞的时候快到了。她将整整一个月不能送食物给雏鹰吃，雏鹰肯定会饿死。

"高尔果，"阿卡有一天对他说，"我现在不能给你送鱼吃了。现在的问题是，看你敢不敢到底下的峡谷里去，这样我就可以继续给你找吃的。你现在有两种选择，要么在上面等着饿死，要么跳进底下的峡谷，当然后者也可能丧命。"

雏鹰二话没说便走到窝的边缘，看也不看底下的峡谷究竟有多深，就张开他的小翅膀飞向空中。他在空中翻了几个跟头，但还是较好地运用了他的翅膀，安全而没有受伤地飞到了地面。

高尔果在底下的峡谷里和那些小雁一起度过了夏天,并且成了他们的好伙伴。他把自己也当作小雁看待,尽力按照他们的方式生活,当小雁到湖里去游泳时,他也跟着去,差点儿给淹死。他由于始终学不会游泳而感到很耻辱,常常到阿卡那里去埋怨自己。"我为什么不像其他雁一样会游泳呢?"他问道。

"因为你躺在上面的悬崖上时,爪子长得太弯,趾也太大了,"阿卡说,"但不要为此而感到伤心!不管怎样,你还是会成为一只好鸟的。"

不久,雏鹰的翅膀就长大了,可以承受得住他身体的重量在空中飞行了,但是直到秋天小雁学飞的时候,雏鹰才想起要使用翅膀去飞行。现在他值得骄傲的时刻来到了,因为在这项运动中他很快就成了冠军。他的伙伴们只能在空中勉强停留一会儿,而他却几乎能整天在空中飞行,练习各种飞翔技巧。直到此时,他还不知道自己和大雁不属于同一类,但是他也不可避免地注意到了一些使他感到非常吃惊的事情,因此他不断地向阿卡提出问题。"为什么我的影子一落到山上,雷鸟和旅鼠就逃跑和躲藏起来呢?"他问道,"而他们对其他小雁却并不是这样害怕的呀。"

"你躺在悬崖上的时候,你的翅膀已经长得很丰满了,"阿卡说,"是你的翅膀吓坏了那些可怜的小东西。但是不要为此感到伤心!不管怎样,你还是会成为一只好鸟的。"

雏鹰已经很好地掌握了飞翔技巧,于是他就学习自己抓鱼和青蛙吃,但是不久他又开始思考起这件事来。"我怎么是靠吃鱼和青蛙生活的呢?"他问,"而其他的小雁都不是这样的呀。"

"事情是这样的,你躺在悬崖上的时候,我除了鱼和青蛙弄不到其他食物给你吃,"阿卡说,"但不要为此而感到难过!不管怎样,你还是会成为一只好鸟的。"

秋天,大雁们要迁徙的时候,高尔果也跟随雁群去了。他仍然把自己当成他们中的一员。但是,空中飞满了要到南方去的各种鸟类,阿卡率领的雁群中出现一只老鹰的事,立即在他们之间引起了很大的轰动。大雁群四周总是围着一群一群好奇的鸟,并且他们大声地表示惊讶。阿卡请求他们保持安静,但是要把那么多尖舌头都拴起来是不可能的。"他们为什么把我叫作老鹰?"高尔果不断地问,并且越来越生气,"难道他们看不见我也是一只大雁吗?我根本不是吞食我的伙伴的猛禽。他们怎么敢给我起这么一个讨厌的名字呢?"

一天,他们飞到一个农庄,那里有一群鸡正围着一堆垃圾在刨食吃。"一只老鹰!一只老鹰!"鸡们惊叫道,并且四处奔跑,寻找藏身之地。高尔果一直听说老鹰是野蛮的歹徒,这时听到鸡们也叫他老鹰,再也无法抑制自己的怒火。他夹紧翅膀,"嗖"地冲向地面,用爪子抓住了一只母鸡。"我要教训教训你,我,我不是一只老鹰。"他一边愤愤地喊叫着,一边用嘴去啄她。

与此同时,他听见阿卡在空中呼叫他,他唯命是从地飞回空中。那只大雁朝他飞过来,并开始惩罚他。"你干什么去了?"她吼叫道,同时用嘴去啄他,"你是不是想把那只可怜的母鸡抓死?你真不知羞耻!"高尔果没有进行反抗,而是任凭阿卡训斥,这时正在他们周围的群鸟发出了一阵嘲笑声和讽刺声。高尔果听到了那些鸟的讽刺声,便回过头来用恶狠狠的目光盯着阿卡,似乎要向她发起进攻,但是他立刻改变主意,用力扇动着翅膀向更高的天空飞去。他飞得很高很高,连其他鸟的喊声都听不见了。在大雁们能看得见他的时候，他一直在上面盘旋着。

三天之后，他又返回了雁群。

"我现在知道我是谁了，"他对阿卡说，"因为我是一只鹰，所以我一定要像鹰那样生活。但是我认为，我们还是可以继续做朋友的。你或你们当中的任何一只雁，我是决计不会来袭击的。"

阿卡以前为她成功地把一只鹰教养成一只温顺无害的鸟而感到极为自豪，但是现在当她听到鹰将要按照自己的意愿去生活时，她再也不能容忍了。"你以为，我会愿意做一只猛禽的朋友吗？"她说，"如果你照我教导的那样去生活，你还可以跟以前一样留在我的雁群里！"

双方都很高傲、固执，谁也不肯让步。结果，阿卡不准鹰在她的周围出现，她对他的气愤已经到了极点，谁也不敢在她的面前再提鹰的名字。

从此以后，高尔果像所有的江洋大盗一样，在全国各地四处游荡，独来独往。他经常情绪低落，不时地怀念起那一段他把自己当作雁，与快乐的小雁亲昵地玩耍的时光。在动物中他以勇敢闻名。他们常常说，他除他的养母阿卡外谁都不怕。他们还常说，他从来没有袭击过一只大雁。

被　擒

高尔果刚满三岁时，还没有考虑娶妻成家和定居的问题。有一天，他被猎人捕获，卖到斯康森。在他到斯康森之前，那里已经有几只鹰了，他们被关在一个用钢筋和钢丝做成的笼子里。笼子在室外，而且很大，人们移进几棵树，堆起一个很大的石堆，使老鹰感到跟生活在家里一样。尽管如此，老鹰们还是不喜欢那里的生活。他们几乎整天站在同一个地方，一动也不动。他们那美丽的黑色羽毛变得蓬松而毫无光泽。他们的眼睛绝望地凝视着远方，渴望回到外面的自由世界。

高尔果被关在笼中的第一个星期，他还是很清醒、很活跃的，但是很快，一种昏昏欲睡的感觉开始紧紧地缠着他。他也像其他的老鹰一样，站在同一个地方一动也不动，双眼直勾勾地盯着远方，但是什么也没有看见，也不知道这一天一天的日子是怎么度过的。

一天早晨，当高尔果像往常那样呆呆地站着的时候，他听见底下地面有人在喊他的名字。他是那样无精打采，连眼皮也懒得抬一下，也不愿意朝地面看一眼。"叫我的是谁呀？"他问道。

"怎么,高尔果,你不认识我了?我是经常和大雁们在一起四处飞行的大拇指呀。"

"是不是阿卡也被人关起来啦?"高尔果用一种听起来让人觉得他好像是经过长眠之后刚刚醒来,并且竭力在思索的语调问道。

"没有,阿卡、白雄鹅和整个雁群这时肯定在北方的拉普兰了,"男孩子说,"只有我被囚禁在这里。"

男孩子说这番话时,他看到高尔果又把目光移开,开始像以前那样凝视着外面的天空。"金鹰!"男孩子喊叫起来,"我没有忘记,你有一次把我背回了大雁群,你饶了白雄鹅一条命。告诉我,我有什么办法可以帮助你!"高尔果几乎连头都没有抬一下。"不要打搅我,大拇指!"他说,"我正站在这里,梦见我在高高的空中自由地飞翔。我不想醒来。"

"你必须活动活动你的身子,看看你周围发生的事情,"男孩子劝说道,"不然的话,你很快就会像别的鹰一样可怜悲惨。"

"我情愿和他们一样。他们沉醉在迷梦之中,无论什么事情都不可能打搅他们。"高尔果说。

当夜幕降临,所有的老鹰都已经熟睡的时候,罩着他们的笼子顶部的钢丝网上发出轻微的锉东西的声音。那两只麻木不仁的老鹰对此无动于衷,但是高尔果醒来了。"是谁在那里?是谁在顶上走动?"他问道。

"是大拇指,高尔果,"男孩子回答说,"我坐在这里锉钢丝,好让你飞走。"

老鹰抬起头来,在明亮的夜色中看见男孩子坐在那里锉那紧绷在笼子顶部的钢丝。他感到有了一丝希望,但是马上又心灰意冷了。"我是一只大鸟啊,大拇指,"他说,"你要锉断多少根钢丝我才能飞出去呀?你最好还是不要锉了,让我安静一会儿吧。"

"你睡你的觉,不要管我的事!"男孩子回答道,"即使今天夜里干不完,明天夜里还干不完,我也无论如何要设法把你解救出来,要不你在这里会被毁掉的。"

高尔果又昏睡过去了,但是当他第二天早晨醒来的时候,看见许多根钢丝已经被锉断了。这一天他再也不像前些日子那样无精打采了,他张开翅膀,在树枝上跳来跳去,舒展着僵硬的关节。

一天清晨,天刚拂晓,大拇指就把老鹰叫醒了。"高尔果,现在试试看!"他说。

鹰抬起头来看了看,发现男孩子果然已经锉断了很多根钢丝,钢丝网上出现了一个大洞。高尔果活动了几下翅膀,就朝洞口飞去,几次都遭到失败,跌回笼底,但是最后他终于成功地飞了出去。

他张开矫健的翅膀,高傲地飞上了天空。而那个小小的大拇指则坐在那里,满脸愁容地望着他离去,他多么希望会有人来把他解救出去。

男孩子对斯康森已经很熟悉了。他认识了那里所有的动物,并且同其中的许多动物交了朋友。他必须承认,斯康森确实有许多可看可学的东西,他也不愁难以打发时光。但是他内心里却天天盼望着能回到雄鹅莫顿和其他旅伴的身边。"如果我不受诺言的约束,"他想,"我早就可以找一只能把我驮到他们那里去的鸟了。"

人们也许会觉得奇怪,克莱门特·拉尔森怎么没有把自由归还给男孩子。但是请不要忘记,那个矮小的提琴手离开斯康森的时候,头脑是多么昏沉。他要走的那天早晨,他总算想到了要用蓝碗给小人儿送饭,但不幸的是他怎么也找不到一只蓝碗。再说,斯康森所有的人,拉普人、达拉那妇女、建筑工人、园丁，都来向他告别，他根本没有时间去搞个蓝碗。最后快要启程了，他实在没有其他办法，不得不请一个拉普族老头帮忙。"事情是这样的，有一个小人儿住在斯康森，"克莱门特说，"我每天早晨要给他送吃的。你能不能帮我办一件事？把这些钱拿去，买一只蓝碗，明天早晨在碗里装上一点儿粥和牛奶，然后放在布尔耐斯农舍的台阶下，行不行呀？"那个拉普族老头感到莫名其妙，但是克莱门特没有时间向他做进一步解释，因为他必须立刻赶到火车站去。

拉普族老头也确实到尤尔高登城里去买过碗，但是他没有看见蓝颜色的碗，于是，他便顺手买了一只白碗。每天早晨，他总是精心地把饭盛在那个白碗里送去。

就这样，男孩子一直没有从诺言中解脱出来。他也知道，克莱门特已经走了，但是他没有得到可以离开那里的允诺。

那天夜里，男孩子比以往任何时候都更加渴望自由，这是因为现在已经到了真正的春天和夏天。他在旅途中已经吃尽了严寒和恶劣天气的苦头。刚到斯康森的时候，他还这样想，他被迫中断旅行也许并不是件坏事，因为如果五月份到拉普兰去的话，他非得冻死不可。但是现在天气已经转暖，地上绿草如茵；白桦树和杨树长出了像绸缎一样光亮的叶子；樱桃树，还有其他所有的果树，都开满了花；浆果灌木的树枝已经结满了小果子；橡树极为谨慎地张开了叶子；斯康森菜地里的豌豆、白菜和菜豆都已经发绿。"现在拉普兰也一定是温暖而美丽的，"男孩子心想，"我真想在这样美丽的早晨骑在雄鹅莫顿的背上。要是能在这样风和日丽、温暖静谧的天空中飞翔，沿途欣赏着由青草和娇艳的花朵装饰打扮起来的大地，该是多么惬意啊！"

正当他坐在那里浮想联翩的时候，那只鹰却从天空中直飞下来，落在笼子顶上男孩子的身边。"我刚才是想试试我的翅膀，看看它们是不是还能飞行，"高尔果说，"你大概还不至于以为我会把你留在这儿让你继续受囚禁吧？来吧，骑到我的背上来，我要把你送回到你的旅伴那里去！"

"不，这是不可能的，"男孩子说，"我已经答应留在这里，直到我被释放。"

"你在说什么蠢话呀！"高尔果说，"首先，他们是违背你的意愿强行把你送到这里来的；其次，他们又强迫你做出留在这里的许诺！你完全应该明白，对于这样的诺言根本没有必要去遵守。"

"是的，尽管我是被迫的，但是我还是要遵守诺言，"男孩子说，"谢谢你的好意，但是你帮不了我的忙。"

"我帮不了你的忙吗？"高尔果说，"那就等着瞧吧。"转眼间他就用他的大爪子抓起尼尔斯·豪格尔森直冲云霄，消失在飞向北方的路途中。

拉普兰

老鹰高尔果驮着尼尔斯追风逐电般地向前飞速飞翔。

"现在我们已经进入拉普兰境内了。"高尔果对男孩子说道。男孩子把身子探向前,想看一看他多次听别人讲起过的那个地方的景色。

但是他只看到大片森林和空旷的沼泽,感到大失所望。森林连着沼泽,沼泽接着森林。这里的夜晚如同白天一样明亮。[1]现在一定是夜晚,夕阳正照耀着大地,男孩子想道,因为鹤群正站在沼泽地里睡觉呢。太阳在正北面,阳光直直地照着男孩子的脸。

"我现在必须睡一会儿,"男孩子说道,"要不,我会从鹰背上摔下去的。"

高尔果立即降落到沼泽地上,男孩子一下子就爬了下来,但是高尔果马上用爪子抓起了他。

---

[1] 瑞典北方,地处北极圈,夏季日照时间很长,越往北,日照时间越长,最北部无夜期可以长达一个月以上,有"白夜"之称。

"睡吧，大拇指！阳光照着，我一点儿不困，我今天晚上要继续飞行。"老鹰高尔果说道。

他们又冲上天空，翱翔在天际，地下一只麋鹿好奇地盯着他们。虽然男孩子挂在鹰爪上不怎么舒服，但是他还是昏昏沉沉地睡了起来。

他醒过来以后，发现自己躺在一条大峡谷的底部。他站起来朝四周望去。他的目光落到了悬崖上用松枝搭起的古怪的建筑上。

"那肯定是一种鹰巢，高尔果……"他没有想下去，而是摘下头上的小帽子，挥动着欢呼起来！他知道高尔果把他带到了什么地方，这就是老鹰住在悬崖上、大雁住在谷底的那条峡谷。他到达目的地了！他会马上见到雄鹅莫顿和阿卡，还有其他旅伴了。

男孩子缓缓地向前走着，去寻找朋友们。整个山谷里一片宁静。太阳还没有照到悬崖上，尼尔斯·豪格尔森明白这还是大清早，大雁们还没有醒来。他走不多远就站住了，微笑着，因为他看到了非常动人的情景：一只大雁睡在一个地上的小窝里，身旁站着公雁，他也在睡觉，但是他站得那么靠近雌雁，显然是为了一有危险便可以立即起来保卫。他没有打扰他们，而是继续往前走。

男孩子在灌木丛里看到很多大雁，一对一对在一起，他们不属于尼尔斯这个雁群，而是外来的客人，然而单是看到大雁就使他十分高兴，他开始哼起歌来。

男孩子向一个灌木丛里看去，终于看到了一对他熟悉的大雁。在孵蛋的那一个肯定是奈利亚，站在她身旁的公雁是科尔美。是的，一定是他们，不会看错的。男孩子真想叫醒他们，但是他还是让他们睡觉，自己又向前走去。

在下一个灌木丛里，他看见了维茜和库西，在离他们不远的地方，他发现了亚克西和卡克西。四只大雁都在睡觉，男孩子从他们身旁走过而没有去叫醒他们。

他走到下一个灌木丛的附近，好像看到灌木丛中有一样东西在闪着白光，他兴奋得心在胸中怦怦直跳。不错，果然像他所意料的，邓芬美美地卧着孵卵，身旁站着白雄鹅。男孩子觉得雄鹅尽管还在睡觉，但看上去却十分自傲，因为他能在遥远的北方、在拉普兰的大山里为他的妻子站岗放哨。

男孩子也没有把白雄鹅从睡梦中叫醒，而是继续向前走去……呀，看！在一座小山丘上他发现了一样类似灰色生草丛的东西。等他走到山丘脚下，他发现这簇灰色生草丛原来是大雪山来的阿卡,她精神抖擞地站着向四周瞭望,好像在为全峡谷担任警戒似的。

"您好,阿卡大婶!"男孩子叫道,"您没有睡着真是太好了。请您暂且别叫醒其他大雁,我想同您单独谈谈。"

这只年老的领头雁从山丘上跑下来,走到男孩子那里,她先是抱住他摇晃,接着用嘴在他身上从上到下地亲啄,然后又一次地摇晃他。但是她一句话也没有说,因为他要求她不要叫醒别的大雁。

大拇指亲吻了年老的阿卡大婶的双颊,然后开始向她叙述他是怎样被带到斯康森公园并在那里被幽禁的。

"现在我要告诉您狐狸斯密尔的事情。他被人关进斯康森公园的狐狸笼里,"男孩说,"尽管他给我们带来过极大的麻烦,但我还是禁不住要为他感到可惜。那个大狐狸笼里关着其他许多狐狸,他们生活得很愉快,而斯密尔却总是蹲着,垂头丧气,渴望着自由。我在那里有许多好朋友。一天,一条拉普兰狗告诉我,有一个人从海洋中的一个遥远的岛上来,他想到斯康森来买狐狸,因为那个岛上的人灭绝了狐狸,而老鼠却成了灾,他们希望狐狸再回去。我一得到这个信息,马上跑到关斯密尔的笼子那里对他说:'斯密尔,人类明天要到这里来买走几只狐狸,到时候你要站到前面,想办法使自己被抓住,这样你就能重新得到自由!'他听从了我的劝告,现在,他自由自在地在岛上四处奔跑。您觉得我这件事做得怎么样,阿卡大婶?是按您的心意办的吧?"

"是的,我自己也会这样做的。"领头雁说。

"您对这件事感到满意就好,"男孩子说,"现在还有一件事我一定要听听您的意见。有一天,我在斯康森看到了高尔果,他被关在一个用钢筋和钢丝做成的鹰笼里。他看上去神情沮丧、垂头丧气。起初,我想把钢丝网锯断,放他出来,但是我又想起他是个危险的强盗、食鸟的坏家伙。我没敢放他出来。您说呢,阿卡大婶,我这样想对不对呀?"

"这样想可不对,尼尔斯,"阿卡说,"你可要知道,老鹰比其他动物更傲气,更热爱自由。等你休息过来以后,我们俩,也就是你和我,一起做一次旅行,飞到鸟的大监狱去,把高尔果救出来。"

"我想您是会这么说的,阿卡大婶,"男孩子兴奋地说道,"我从您的话里可以知道,您仍然疼爱着这只您花了很多心血抚养长大的老鹰。如果您愿意向把我驮到您这儿来的人说句感谢的话,我想您会在曾经发现过一只可怜而绝望的雏鹰的那个悬崖上见到他。"

到南方去！到南方去！

男孩子坐在白雄鹅背上，在高空中向前飞行。三十一只大雁排成整齐的人字形向南快速地飞行着。风在羽毛中呼呼作响，那么多翅膀拍打着空气发出的嗖嗖声，使他们连自己的叫声也听不见了。大雪山来的大雁阿卡领头飞行，跟在她后面的是亚克西和卡克西、科尔美和奈利亚、维茜和库西、雄鹅莫顿和灰雁邓芬。去年秋天跟随他们一起飞行的六只小雁现在已经离开雁群独立生活了。老雁们带着今年夏天在大山峡谷里长大的二十二只小雁在飞行，十一只飞在右边，十一只飞在左边，他们尽力同老雁一样相互之间保持着同等的距离。

大雁们沿着克拉河一直飞到孟克富士大工厂，然后他们又向西往费里克斯达伦方向飞去。他们还没有到富雷根，天就开始黑了，于是他们就在一块长满树木的高地上找了一块洼地落了下来。那块洼地对大雁们来说无疑是个过夜的好地方，但男孩子却觉得那里既寒冷又潮湿，希望找一个更好的地方睡觉。他刚才在空中的时候就看见山下有几座庄园，落地后他便急急忙忙去寻找了。

通往庄园的路途比他想象的要远得多，他曾几次想返回洼地。但是，他周围的树林终于稀疏起来了，他来到了一条伸到森林边上的大路。从大路又分出一条美丽的桦树林荫道，直通一座庄园，他便立即朝那个方向走去。

男孩子最先进入的是个后院，这个院子大得像城里的广场，四周是一排排红色的房屋。他穿过后院，又见到了一个院子。那是住房所在的地方，房前有一条沙石小径和一个很大的庭院，两边是厢房，房后是一个树木葱郁的花园。主宅邸本身很小，并不引人注目。但是庭院四周却长着一排十分高大的花楸树，树与树之间挨得非常紧密，形成了一道名副其实的围墙。男孩子觉得他似乎跨进了一间高大华丽的拱形大厅。高高的天空呈现出淡蓝色，挂着一串串又大又红的果实的花楸树已经泛出黄色，草坪大概还是绿色的，但是那天晚上月光格外明亮耀眼，月光洒在草坪上，使得草坪变成了银白色。

院子里空无一人，男孩子可以自由自在地随便走动。当他来到花园里的时候，发现了一些东西，使他欣喜若狂。

他爬上一棵矮小的花楸树去摘果子吃,但是他还没有摘到一串,就发现一棵稠李树上也结满了果实,于是,他溜下花楸树,爬上稠李树,但是他刚刚爬上树,又发现一棵红醋栗树上也垂挂着大串大串的红色浆果。这时,他发现,整个花园里到处长满了茶藨子、覆盆子和犬蔷薇。远处的菜地上长着大头菜和芜菁,每棵小树上都长满了浆果,野菜结了籽,草秆上长着颗粒饱满的小穗。而在另一边的一条小路上,啊,他肯定没有看错,有一个漂亮的大苹果在月光下闪闪发光!

男孩子抱着大苹果在草坪边上坐下,开始用小刀一小块一小块地切下来吃。"如果其他地方也像这里一样好吃的东西唾手可得的话,那么当一辈子小精灵也不见得有什么不好的。"他想。

他坐在那里,一边吃一边思索着,最后他想,如果他继续留在他现在所在的地方,让大雁们自己回南方去也不错嘛。"我就是不知道怎样向雄鹅莫顿解释我不能回去的原因,"他想,"我最好还是同他彻底分手。我可以像松鼠一样储藏过冬食物。冬天,住在马厩或牛棚的一个暗角里,我就不会冻死。"

就在他想入非非的时候,他突然听见头顶上有一声轻微的响声,转眼间一个像短小的桦树杈一样的东西落在了他的旁边。树杈摇来晃去,顶部有两个亮点,像燃烧着的煤块一样闪闪发光。那个东西看上去真像个怪物,但是男孩子很快就看出来,树杈有一个弯弯的嘴,火红的眼睛四周有一大圈羽毛,这时他放心了。

"这个时候遇见一个活着的东西真是太有趣了,"他说,"也许你,猫头鹰夫人,愿意告诉我这个地方叫什么名字,住在这里的是什么人吧?"

猫头鹰这天晚上和秋天所有的夜晚一样,正栖在靠墙竖着的那个大梯子的木板上,注视着下面的石子小路和草坪,在侦察耗子的踪迹。但是,让她吃惊的是一只耗子也没有出来。相反,她却看见一个样子像人,但又比人要小很多很多的东西在花园里移动。"我想肯定是这个家伙把耗子给吓跑了,"猫头鹰想,"这到底是个什么东西呢?"

"那不是一只松鼠,不是一只小猫,也不是一只鼬鼠,"她又想,"我本来以为,像我这样一只在古老的庄园里住了那么多年的鸟,对世界上的事是无所不知的,但是这个东西使我百思不得其解。"

她目不转睛地盯着石子路上移动的那个小东西,直看得眼睛发花。最后，好奇心终于占了上风，她就飞到地上，想到近处看看这个陌生的东西。

当男孩子开始讲话的时候，猫头鹰伸着脖子观察着他。"他身上既没有爪子也没有刺，"她想，"但是谁知道他有没有毒牙或者其他更危险的武器呢？在我向他发起进攻之前，必须弄清楚他是什么东西。"

"这个庄园叫莫尔巴卡[1]，"猫头鹰说，"以前这里住的是上等家庭。可是你是什么人？"

"我想搬到这里来住，"男孩子说，却没有回答猫头鹰的问题，"你看行吗？"

"唉，这个地方已经是今非昔比了，"猫头鹰说，"不过还可以生活，这主要看你靠什么度日。你打算靠捉耗子吃来维持生活吗？"

"不，绝对不会，"男孩子说，"倒是有耗子把我吃掉的危险，而不是我去伤害耗子。"

"他绝对不可能像他自己所说的那样毫无危险性，"猫

---

[1] 莫尔巴卡，此庄园系作者故居，1888年因家庭经济拮据卖掉。作者于1910年买回庄园并进行修葺，晚年一直居住在那里。作者去世后由一个委员会管理并对公众开放。

头鹰想,"不过,我想我还是试一试他。"她飞到空中,紧接着向尼尔斯·豪格尔森直扑过来,爪子抓进了他的肩膀,并用嘴去啄他的眼睛。男孩了用一只手捂着眼睛,用另一只手极力挣脱。与此同时,他用足全身的力气呼喊救命。他意识到,他的生命真正处于危险之中,他自言自语地说,这一次他肯定要完蛋了。

现在我告诉你们一件非常巧合的事,就在尼尔斯·豪格尔森跟随大雁们周游瑞典的这一年,有一个人也在到处旅行,她想写一本关于瑞典的、适合孩子们在学校阅读的书。从圣诞节到秋天,她一直想着这件事,但是一行字也没有写出来,最后她灰心地对自己说:"你是没有能力写这本书了,还是坐下来,像往常一样,写写神话和小故事之类的作品,让别人去写这样一本富有教益、严肃认真和没有一句假话的书吧!"

她几乎已经决定要放弃这项工作了,但是又觉得写一些关于瑞典的美好事物还是很有意思的,因此她又舍不得放弃这项工作。最后,她忽然想到,可能是因为她长期身居城市,周围除了街道和墙壁什么也没有,才使她迟迟动不了笔。如果到乡下去,看看森林和田野,情况也许会好一些。

她出生在韦姆兰省，对她来说很明显，她的书要从那里开始写起。她首先要写一下她成长的那个地方，那是一座不大的庄园，地处偏僻，那里仍然保留着许多古老的传统和习惯。她想，孩子们听到那里的人们一年四季所从事的各种劳动一定会觉得很有意思的。她要告诉他们，她家乡的人是如何庆祝圣诞节、新年、复活节和仲夏节的，他们用的是什么家具和生活用品，他们的厨房和储藏室、牛棚和马厩、谷仓和蒸汽浴室又是什么样子的。然而，当她要写这些东西的时候，她的笔却总不听使唤。她简直不明白是什么原因，使她总写不出来。

她对以前的事情记忆犹新，这是确实无疑的，而且她似乎仍然生活在那个环境中。但是她对自己说，既然她要到乡下去，那么在动笔写她的家乡之前，应该再去一趟，看看那个古老的庄园。她已经阔别故乡多年，找个由头回去看看也不是什么坏事。实际上，这么多年来，她无论走到哪里，总念念不忘自己的故乡。诚然，她看到其他地方比那里更美也更好，但是她在任何地方也找不到她在童年时期的故乡所感受到的那种安谧和欢悦。

然而对她来说，回故乡并不像人们所想象的那么容易，因为她家的小庄园已经卖给了她不相识的人。她固然认为，他们会很好地接待她，但是她故地重游并不是为了同陌生人坐在一起交谈，而是为了在那里能够真正重温昔日的生活。因此她决定晚上去，那时一天的劳动已经结束，人们都会待在屋里的。

她全然没有想到，回故乡去会成为那样一桩奇妙的事情。当她坐在马车上向那个古老的庄园驶去的时候，她觉得自己每时每刻都变得更加年轻。一会儿之后，她不再是一个头发开始灰白的老人，而是一个穿着短裙、梳着淡黄色长辫子的小姑娘了。她坐在车上认出了沿途一座又一座的庄园，在她的脑子里似乎故居的一切依然如故。父亲、母亲和妹妹们会站在台阶上迎接她，那位年老的女用人会跑到厨房的窗前去看是谁回来了，奈露、富莱娅和另外几条狗会蹦蹦跳跳地朝她跑来。

她越是接近庄园，心里越是高兴。现在已经是秋天，大忙季节快要来临，但是正因为有许多活要干，家里的生活才不会单调和枯燥。一路上，她看见人们正忙着刨马铃薯，她家里的人一定也在刨。他们现在首先要做的就是把马铃薯碾碎做成淀粉。那是一个温暖而舒适的秋天，她想菜园子里的蔬菜不一定都已经收完,至少卷心菜还长在地里。不知道啤酒花是否已经采完,苹果是否已经都摘下。

最好不要赶上家里大扫除,因为秋会节快要到了。秋会被当地的人们看成是一个重大的节日——特别是在仆人们的心目中,因此秋会到来之前,到处都要打扫得干干净净,收拾得井井有条。如果在秋会之夜到厨房里看看,就会觉得挺有意思,擦得光亮的地板上撒满了芳香的刺柏树枝,墙壁粉刷得雪白,墙上挂着锃亮的铜锅和铜壶。

这样悠闲的日子不会持续太久,因为秋会节一结束,人们就要开始梳麻了。亚麻铺在潮湿的草地上,经过三伏天,已经沤软。现在把麻放进那个旧的蒸汽浴室里,点燃那个火炉子进行烘烤。等麻烘得干燥到一定程度后,人们就在某一天把邻近的妇女们都招呼到一起,她们坐在蒸汽浴室前,把麻秆敲碎,然后用打麻器打麻,去掉干麻秆,抽出又细又白的麻。妇女们干活儿的时候,浑身落满了灰尘,成了灰人。她们的头发上和衣服上也都积满了碎麻秸,但是她们还是干得很欢快。打麻器从早到晚地工作,人们也从早到晚有说有笑,要是有人走近那旧蒸汽浴室,还以为那里正呼呼地刮着大风呢。

梳完麻以后，紧接着就是烤制大量的脆饼、剪羊毛和仆人搬家。十一月是繁忙的屠宰季节，人们腌咸肉、填香肠、烤血面包、制蜡烛。经常用土制呢绒做衣服的裁缝这时也来到这里，那是异常快乐的几个星期，仆人们坐在一起穿针引线，忙着做衣服。为所有的仆人做鞋的鞋匠这时也坐在长工屋里干活儿，人们看着他如何剪皮子、做鞋底、钉后跟、砸气眼，怎么也看不厌。

但是，最忙碌的时候还是圣诞节之前。露西娅节[1]那天，身穿白衣、头戴花烛的侍女在清晨五点钟就到各个房间去请人们喝咖啡。这好像意味着，在这之后的两个星期内，人们不要指望能够睡足觉。因为人们要酿制圣诞节喝的啤酒，要腌渍鱼，要为圣诞节烤制各种面包和点心，还要进行大扫除。

当车夫按照她的要求把马车停在路口时，她还沉浸在对烤面包的想象中，身边都是圣诞节吃的面包和存放小面包的盘子。她像一个睡得昏昏然的人被突然惊醒一样。刚才还梦见家人围在她的身边，而此时此刻却在这么晚的时候独自一人坐在车上，感到实在凄凉。当她下车以后，顺着林荫道默

---

[1] 露西娅节，节日在每年12月13日。

默地向故居走去的时候,她感到现在的心情与过去是多么不同啊,她真想转身返回城里。"到这里来有什么意思呢?这里和过去已经毫无共同之处了。"她想。

但是她又想,既然是远道而来,还是应该看一看这个地方。于是她继续往前走,尽管每走一步,心情就感到沉重一分。

她曾听人说过,庄园已经破烂不堪,面目全非,情况也许确实如此。但是她在晚上却看不出来,反而觉得一切如故。那边是水塘,她年轻的时候,里边养满了鲤鱼,但是谁也不敢去捕捞,因为父亲愿意让鲤鱼自由自在地生活。那边是长工屋、谷仓和马厩。马厩的屋顶上一端装着一只铜钟,另一端装着一个风向标。正房前面的庭院与父亲在世时一样,仍然像一间四面不透风的屋子,看不到远处的景色,因为父亲连一棵小树都不忍心砍掉。

她在庄园入口处那棵大枫树的阴影下停住脚步,站在那里向四周环视。就在这时候,一件奇怪的事情发生了,一群鸽子飞了过来,落在了她的身边。

她几乎不敢相信那是真正的鸟,因为通常鸽子在太阳落山以后是不出来活动的。一定是明亮的月光唤醒了他们。他们以为现在是大白天,于是就从鸽棚中飞了出来,但是后来他们却迷糊起来,不知所措。因此,当他们看见有一个人的时候,就向她飞来,好像她会给他们指明方向似的。

她父母在世的时候,庄园上有很多鸽子,因为鸽子也是父亲精心保护的一种动物。只要有人提起要宰一只鸽子,他就心情不好。那群漂亮的鸽子在她来到故居时飞来迎接她,她心里感到非常高兴。谁能知道那群鸽子这么晚了飞出来是不是为了向她说明,他们还没有忘记过去他们曾经有过一个美好的家呢?

或者,也许是她的父亲派他的鸽子出来向她问候,使她重返故居时不至于感到过分忧虑和孤独吧?

当她想到这里,心中升起了一股对过去的强烈的渴望,不禁潸然泪下。他们在这里度过了一段美好的生活。他们有过繁忙的日子,但是他们也有过节日的快乐:白天他们进行紧张艰苦的劳动,但是晚上他们聚集在灯下阅读泰格奈[1]和鲁奈贝里[2]的诗,读莱恩格伦[3]夫人和老处女布雷默尔[4]的作品;

---

1 泰格奈(1782—1846),瑞典诗人。
2 鲁奈贝里(1804—1877),芬兰诗人。
3 莱恩格伦(1754—1817),瑞典女作家。
4 布雷默尔(1801—1865),瑞典女作家。

他们种植五谷，但是他们也种玫瑰花和茉莉花；他们纺过麻线，并且边纺线边唱民歌；他们钻研过历史和文法，但是也演过戏和写过诗；他们站在火炉边做过饭，但是也学会了拉手风琴、吹笛子、弹吉他、拉小提琴和弹钢琴；他们在菜园里种过卷心菜、芜菁、豌豆和菜豆，但是也有过一个长满苹果、梨和各种浆果的果园。他们曾经寂寞地生活，但是正因为如此，他们的脑子里装着那么多故事和传说。他们穿过自己家里做的衣服，但是也正因为这样，他们才过着一种无忧无虑、自给自足的生活。

"世界上没有一个地方的人能够懂得要像我年轻时候在这个小庄园里的人那样美好地生活，"她想，"这里工作适量，娱乐不过分，每天都是高高兴兴的。我真想回家来。但我一旦回到这个地方，就又舍不得离开这里了。"

于是，她转向鸽子，对鸽子说："难道你们不愿意到父亲那里去跟他说，我想念家乡吗？我在异乡漂泊的时间已经够长的了。问问他，看他是不是能够安排一下，让我能尽快回到我童年时期的故乡来！"她说这话的时候不由得哈哈大笑起来。

她刚说完，整群鸽子便升入空中飞走了。她目送着他们，但是他们很快就消失了，似乎这一群雪白的鸽子都溶解在微微发光的天空中。

鸽子们刚刚离去，她就听见从花园里传来几声尖叫，当她急急忙忙赶到那里时，见到了异常罕见的场面。一个很小很小，小得还没有手掌那么高的小人儿正站在那里，同一只猫头鹰在搏斗。起初她只是惊奇得动弹不得，但是当小人儿越叫越惨时，她就快步跑上去，把搏斗的双方分开了。猫头鹰扑打着翅膀上了一棵树，但是小人儿仍然站在石子路上，既没有躲藏，也没有逃跑。"谢谢你的帮助！"他说，"但是你让猫头鹰跑掉是不合适的。她正站在树上，两眼紧盯着我，我还是走不了。"

"没错，我把她放跑是欠考虑的。不过，难道我不能送你回家吗？"她说。她虽然经常创作传说故事，但是出乎意料地同一个小人儿说话毕竟还是吃惊不小。然而对她来说这也没有什么可大惊小怪的。她在故居外面的月光下漫步，好像一直在等待着经历一桩非常奇怪的事情。

"实际上，我想今夜留在这个庄园了。"小人儿说，"只要你愿意给我找一个安全的地方睡觉，我就等天亮以后再回到森林里去。"

"要我给你找一个睡觉的地方？难道这里不是你的家吗？"

"我知道，你以为我也是一个小精灵，"小人儿这时说，"但我是一个人，和您一样的一个人，尽管我被一个小精灵施了妖术而变小了。"

"我还从来没有听说过这样的怪事！你难道不愿意告诉我你到底是怎么落到这种地步的吗？"

男孩子并不忌讳讲述自己的冒险经历，而在一旁听他叙述的她，却越听越觉得吃惊、奇怪乃至兴奋。"怎么会有这样的事！碰上一个骑在鹅背上周游全瑞典的人真是一件幸运的事。"她想，"我要把他所讲述的事写进我的书里去。现在我再也用不着为我的书发愁了。我回老家回得很值得。我刚回到这座古老的庄园就有了收获！"

与此同时，她又产生了一种想法，但是不敢再往下想。她把自己渴望返回故居的事托鸽子告诉父亲，转眼间她就在她长久冥思苦想而得不到解决的问题上得到了帮助。难道这是父亲对于她的请求所给予的答复吗？

飞往威曼豪格

十一月初的一天,大雁们飞越过哈兰德山脉进入斯康耐省。在过去的几个星期里,他们一直在西耶特兰省法耳彻平市周围的辽阔平原上停留。碰巧还有好几个很大的雁群也栖息在那里,所以他们这段时间在一起过得十分热闹。年纪大的在一起聚首畅谈,而年纪轻的就你追我逐地进行各种运动竞赛。

对于尼尔斯·豪格尔森来说,他对在西耶特兰耽搁了那么多天是闷闷不乐的。他想尽力打起精神,却仍旧很难接受命运对他的安排。"唉,倘若我离开了斯康耐,而且到了外国,"他暗自思忖着,"那么我就可以知道我有没有指望重新再变成人了,我的心情也就会平静一些。"

大雁们终于在一天早晨动身了,往南朝着哈兰德省飞去。男孩子刚开始并没有觉得看风景有多大的乐趣,因为他觉得那里没有什么新鲜东西可以观赏。在东边是一片高地,高地上布满了大块大块的石楠丛生的荒原,令人不禁想起了斯莫兰省也是这样的景色。西边到处是圆鼓鼓、光秃秃的丘冈，逶迤绵延，而山脚下大多被峡湾揳入，形状零碎得同布胡斯省差不多。

可是大雁们沿着狭窄的沿海地带继续往南飞去，男孩子却忍不住坐直身体，把脑袋从鹅颈上探出来，双眼眨都不眨地紧盯着大地。他看到山丘渐渐稀少起来，平原豁然开阔。与此同时，他还看到海岸也不像方才那样支离破碎，海岸外面的岩石岛群愈来愈少，澄波万顷的大海同陆地直接相连在一起。

广袤无际的大森林也消失殆尽了。那个省的北部高地上有不少水土肥美的平川，但是大多是由树林团团围起来的。在北部一带到处都是大片大片的森林，好像树木才是这片土地真正的主人，而所有的平川不过是森林当中平整出来的大块大块的开荒地而已，即便在每块平川地上也散布着不少小树林，仿佛是为了表明，森林随时都可以卷土重来。

然而在南边这一带，风光却大为不同。在这里，平原田畴占了主宰地位，那真是一马平川、无垠无际。这里也有大片森林，不过却不是野生的，而是人工培育的。正是由于这里平畴无际、阡陌纵横、垄埂相接，男孩子才浮想联翩，一下子就想到了斯康耐。那沙砾遍地、海藻狼藉的光秃秃的海岸，他都觉得眼熟得很。他触景生情、悲喜交集，心绪剧烈地起伏。"哎呀，现在我大概离家不太远啦。"他在心里默默念叨。

这里的景色也是跌宕起伏、多姿多彩的。许多条河流从西耶特兰和斯莫兰倾泻而下，汹涌奔腾，打破了平畴无垠的单调。平原上，湖泊成群，有些地方还有沼泽和荒漠，也还有些流沙地带，这些都是开垦耕地的障碍，然而耕地仍然伸展到斯康耐省的交界处，直到被那座峡谷幽深、山涧湍急的哈兰德山脉迎面阻挡住。

在飞行途中，一些年轻的小雁再三地询问那些老雁："外国是什么样子？外国是什么样子？"

"莫性急，莫性急，等一会儿就会见分晓的。"那些南来北往，多次跋涉过全国各地的老雁总是这么回答。

年轻的小雁看见韦姆兰省佳木葱茏、森林茂密的山脉连绵不断，崇山峻岭之间湖泊的一泓泓碧水波光潋滟，他们又看到布胡斯省的巍巍大山、层峦叠嶂，还有西耶特兰省的秀峦奇峰、丘壑隆起。于是，他们都心旷神怡起来，连声问道："全世界都有这样的景色吗？全世界都有这样的景色吗？"

"莫性急,莫性急!你们很快就会知道世界上大部分地方是什么样子啦!"老雁们回答说。

大雁们飞越过哈兰德山后,又在斯康耐境内飞了一段时间,阿卡忽然叫喊起来:"快朝下看!快看看四周!外国就是这副模样!"

那时候大雁们正在飞越瑟德尔山脉,那座大山绵延迤逦,山上覆盖着浓密的山毛榉树。绿荫深处,尖塔高耸的深宅大院点缀其间。麋鹿在树林边上啃嚼着青草,山兔在森林边的草地上嬉戏跳跃。狩猎的号角响彻云霄,猎狗的汪汪狂吠,连飞在空中的大雁们都听得清清楚楚。宽阔的道路蜿蜒通过森林。一群群服饰华美的绅士淑女,或是坐着锃亮的马车,或是骑着高大的骏马在路上驰骋进发。在山脚下是灵恩湖的盈盈绿水,古老的布舍修道院坐落在湖边小岬上,恰好同湖里的倒影相映成趣。那座山脉中部,赛拉里德峡谷劈山裂崖,幽深邃远,谷底里山岚迷茫,溪流潺潺,两旁的峭壁上藤蔓攀结,古树参天。

"外国就是这样子的吗?外国就是这样子的吗?"年轻的小雁问道。

"是呀,外国有森林覆盖的山脉就是这副模样的,"阿卡回答道，"不过这样的地方不太常见就是啦！不要性急，再过一会儿你们就可以看到外国的普通景色啦。"

阿卡率领着雁群继续往南飞，来到了斯康耐大平原的上空。平原上有阡陌连片的耕地，有牛羊遍地的牧场。那些农庄四周都有刷成白色的小棚屋。平原上白色的小教堂不计其数，还有灰色的样子简陋难看的制糖厂。那些火车站周围的村镇已经扩展兴修得俨然是个小城市，泥沼地上堆起了一大堆一大堆的泥炭，而煤矿旁边则是漆黑发亮的大煤堆。公路两旁垂柳依依。铁路纵横交错，在平原上织成了一张密匝匝的网。平川地上，小湖轻泛涟漪，波光粼粼，四周山毛榉树环绕，贵族庄园的精舍华屋掩映其间。

"现在往下看！看得仔细一些！"那只领头雁喊道，"从波罗的海沿岸到南面的高山峻岭，外国都是这个模样，再远的地方我们没有去过。"

小雁们把平原仔细观看了一遍，领头雁便朝厄勒海峡飞去。那里湿漉漉的草地渐渐地朝海面倾斜下去，一长排一长排发黑的海藻残留在海滩上。海滩上有些地方是高高的堤坝，有些地方是一片流沙，而流沙又堆成了沙埂和沙丘。一排排整齐划一、大小相同的砖瓦小平房组成了一个小小的渔村。防波堤上有小小的航标灯,晒鱼场上晾晒着棕色的渔网。

"快向下看,看得仔细一些!"阿卡吩咐说,"外国的沿海一带就是这副模样!"

最后,领头雁还飞了两三个城市。那里数不胜数的又细又高的工厂烟囱矗立在半空。深邃的街道两旁林立着被煤烟熏黑了的高楼大厦。风景优美的园林里曲径通幽。海港码头上舸舰云集,桅樯如织。古老的城墙上雉堞环绕、碉楼肃立。雍容华贵的宫殿依傍着年代久远的古老教堂。

"看看吧,外国的城市就是这个模样,只不过更大一些就是啦,"领头雁说道,"不过这些城市同你们一样,也能够长大的。"

阿卡这样盘旋飞行之后,降落在威曼豪格县的一块沼泽地上。男孩子这才明白过来,原来阿卡在斯康耐上空来回巡行了整整一天就是为了要展示给他看看,他生于斯、长于斯的那个国度是足以同世界上任何一个国家相媲美而毫不逊色的。其实她并没必要那样做,因为男孩子根本没有在乎过国家是富还是贫,他从看到第一道垂柳飘拂的河堤和第一幢圆木交叉为梁的矮平房的时候,归心似箭的思乡之情就难以克制了。

回到了自己的家

这一天大雾弥漫，阴霾满天。大雁们在斯可罗普教堂四周的大片农田里吃饱了肚子，然后就在那里憩息起来。阿卡走到了男孩子身边。"看样子，我们会有几天晴晴朗朗的好天气，"她说道，"我想，明天我们要趁这个机会赶快飞越波罗的海。"

"嗯……嗯……"男孩子几乎说不出话来，一阵哽咽堵住了他的喉咙。他毕竟还是满怀希望，想要在斯康耐解脱魔法的蛊惑而重新变成真正的人。

"我们现在离威曼豪格很近了，"阿卡说道，"我琢磨着，你说不定打算回家去一趟，要是错过了这个机会，那要等很久后才能够同你的亲人团聚相会哩！"

"唉，最好还是别回去啦。"男孩子无精打采地说道，可是他的语调里却流露出来，他还是十分高兴阿卡这么体贴地提出了这个建议。

"雄鹅同我们待在一起,不会发生意外的,"阿卡说道,"我觉得,你还是应该回去探望一下,看看你家里的日子过得怎么样。即使你不能够重新变成真正的人,你或许还能够想办法帮他们一点忙。"

"是呀,您说得真是在理啊,阿卡大婶,我本来早该想到才是。"男孩子说道,他急不可耐地想回家去看看了。

转眼之间,领头雁就驮着他,朝他的家里飞去。不消多时,阿卡就降落在他父亲——佃农豪尔格尔·尼尔森的那座农舍的石头围墙背后。"你说奇怪不奇怪,这里什么东西都跟早先一模一样。"男孩子说道,他急急忙忙地爬到围墙上去观看四周,"我只觉得,自从今年春天坐在这里看见你们在天上飞过到现在,好像连一天的工夫都不到哩。"

"我不知道你父亲有没有猎枪。"阿卡蓦地说道。

"哦,他倒有一支,"男孩子说道,"就是因为那支枪的缘故,我才宁可待在家里而没有上教堂去。"

"既然你们家有猎枪,那么我就不敢站在这里等你了,"阿卡说道,"最好你明天早晨到斯密格霍克岬角,那个地名的意思是'偷偷地溜走',你就到那里找我们好了,这样你就可以在家里住上一夜了。"

"不，阿卡大婶，您先别忙着走啊！"男孩子叫了起来，并且匆忙从围墙上爬了下来。他自己也弄不清楚是怎么回事，不过隐隐约约总是有种不祥的感觉，似乎他和大雁经此一别便永难再相见了。"您很清楚地看得出，我现在因为没有能够恢复原来模样而心里十分苦恼，"男孩子侃侃而言，"不过我愿对您说明白，我一点儿也不后悔今年春天跟着您去漫游。我宁可永远不再变成人，也绝不能不去那次旅行的。"阿卡长长舒了一口气，然后回答说："有一桩事情我早就应该同你推心置腹地谈一谈。不过那时候你还没有回到亲人的身边，所以早点晚点谈都不着急。现在该是谈的时候啦，把话挑明了反正不会有什么坏处。"

"您知道，我总是顺从您的意志的。"男孩子说道。

"要是你从我们身上学到了什么好东西的话，大拇指，那么你大概会觉得，人类不应该把整个大地占为己有的。"领头雁神色庄重，一本正经地说道，"你想想看，你们有了那么一大片土地，你们完全可以让出几个光秃秃的岩石岛、几个浅水湖和潮湿的沼泽地，还有几座荒山和一些偏僻遥远的森林，把它们让给我们这些穷得无立锥之地的飞禽走兽，使得我们有地方安安全全地过日子。我这一生时时刻刻都遭受着人类的追逐和捕猎。倘若人类能有良知,明白像我这样的一只鸟儿也需要有个安身立命之处就好了。"

"倘若我能够帮得上你的忙,那我就会非常高兴,"男孩子说道,"可惜我在人类当中从来没有这样的权力。"

"算啦,我们站在这里说个没完,倒好像我们就此一别不再相逢似的,"阿卡深情溢于言表,娓娓地说道,"不管怎么说,我们明天还会见上一面的。现在我可是要回到我自己的族类那儿去啦。"她张开翅膀飞去,旋即又飞了回来,恋恋不舍地用喙把大拇指从上到下抚摸了好几遍,然后才悄然离去。

那时是大白天,但是庭院里却没有一个人走动,男孩子可以毫无顾忌地在院子里任意走动。他急忙跑进牛棚里,因为他知道从奶牛那里定能打听得出最可靠的消息。牛棚里冷冷清清,春天的时候那里有三头粗壮的奶牛,可是现在却只剩下了一头。那是名叫五月玫瑰的奶牛,她孤单地站在那里,闷闷不乐地思念着自己的伙伴,脑袋低沉着,面前放的青草饲料几乎碰都不碰一下。

"你好,五月玫瑰!"男孩子毫无畏惧地跑进了牛栏里面,"喂,我的爸爸妈妈都好吗?那只猫,那些鹅呀,鸡呀都怎样啦？喂，你把小星星和金百合花那两头奶牛弄到哪里去啦？"

五月玫瑰刚刚听到男孩子的声音不禁猛地一愣，看样子她似乎本来要用犄角冲撞他一下的。不过她的脾气如今不像从前那样暴躁了，在打算朝尼尔斯·豪格尔森冲过去之前，先瞅了瞅他。男孩子还是像离开家门那时候一样矮小，身上还穿着原来的衣服，可是他的精神气质却很不相同啦。春天刚从家里逃出去时的尼尔斯·豪格尔森走起路来脚步沉重而拖曳，讲起话来声音有气无力，看起东西来双眼大而无神。但是长途跋涉、重归家门的尼尔斯·豪格尔森走起路来脚步矫健轻盈，说话铿锵有力，双目炯炯有神。他虽然个儿仍旧那么小，然而气度神采上却有一股令人肃然起敬的力量。尽管他自己并不开心，可是见到他的人却如沐春风，非常高兴。

"哞，哞！"五月玫瑰吼叫起来，"大家都说你已经变了，变好了，我还不相信哩。哦！欢迎你回家来，尼尔斯·豪格尔森，欢迎你回家来！我真是太高兴啦，我有好久没有这样高兴过啦！"

"好呀，多谢你啦，五月玫瑰。"男孩子说道，他没有料到会受到这样热情的欢迎，止不住心花怒放，"现在快给我说说爸爸妈妈他们都好吗？"

"唉，自从你走了以后，他们一直很倒霉，遇到的事情也都不顺心，"五月玫瑰告诉他说，"最糟糕的是那一匹花了那么贵的价钱买来的马，站在那里白白吃了一个夏天的饲料却干不了活。你爸爸不愿意开枪把他打死，可是又没法把他卖出去。就是那匹马儿才害得小星星和金百合花离开了这里。"

其实，男孩子真正想问的是同这毫不相干的另外一件事，不过他不好意思明明白白地说出来，于是他含蓄地问道："妈妈看到雄鹅莫顿飞走了，心里一定难受得不得了吧？"

"我倒觉得，倘若你妈妈弄清楚了雄鹅莫顿失踪究竟是怎么一回事的话，她本来不会那样难过的。现在她多半是抱怨自己那个不争气的儿子从家里逃了出去，还顺手把雄鹅也捎带走了。"

"哎哟，原来她以为是我把雄鹅偷走的！"男孩子不胜诧异地说道。

"难道她能够有什么别的想法吗？"

"爸爸妈妈大概以为我像流浪汉一样整个夏天都四处乱窜去了。"

"他们相信你一定度日如年,日子难熬,"五月玫瑰说,"人们失掉了最亲爱的亲人,心里自然会悲伤得不得了,他们就是那样伤心。"

男孩子听到这句话心头一热,便急匆匆走出了牛棚。他来到了马厩。那马厩虽说地方狭窄得很,不过收拾得十分干净整洁,处处都可以看得出来,他爸爸豪尔格尔·尼尔森想尽办法让这头新买来的牲口过得舒服。马厩里站立着一头膘肥体壮、气宇轩昂的高大骏马,由于饲养得法而毛色油光发亮。

"你好,"男孩子说道,"我方才听说这儿有一匹马病得不轻。那绝不会是你吧,因为你看起来那么精神抖擞,那么身强力壮。"那匹马回过头来,把男孩子上上下下打量了半晌。"你是这户人家的那个儿子吗?"他慢吞吞地说道,"我听到过许多诉说你不好的话语。不过你长相倒很温顺和善,倘若我事先不知道的话,我决计不会相信,那个被小精灵变成了一个小人儿的就是你。"

"我知道得很清楚,我在这个院子里留下了很坏的名声,"尼尔斯·豪格尔森说道,"连我妈妈都以为我偷了家里东西才逃走的,不过那也没什么关系,反正我回家也待不长的。在我走之前,我想知道一下你究竟出了什么毛病。"

"咴咴,咴咴,你不留下来真是太可惜啦,"马儿叹息说,"因为我感觉出来,我们本来是可以成为好朋友的。我其实没有多大的毛病,只是我的脚蹄上扎了一个口子,是刀尖断头或者别的硬东西,那东西扎得很深又藏得很严实,连兽医都没能够找出病因。不过,我动一下就被刺得钻心疼痛,根本没法子走路。倘若你能够把我的这个毛病告诉你爸爸豪尔格尔·尼尔森,我想他用不着费多少工夫就可以把我的病治好的。我会高高兴兴地去干点有用的活计,我站在这儿白白吃饱肚子什么事情都不干,真是太丢人现眼啦。"

"原来你不是真正得了重病,那太好啦!"尼尔斯·豪格尔森说道,"我来试试看,把你蹄子里扎进去的硬东西拔出来。我把你的蹄子拎起来,用我的刀子划几下你大概不会觉得疼吧?"

尼尔斯·豪格尔森刚刚在马蹄上用小刀划了几下,就听到院子里有人在说话。他把马厩的门掀开一道缝,往外张望,只见爸爸和妈妈从外边走进院子,朝正屋走去。可以清楚地看得出来,忧患和伤心在他们的脸上留下了痕迹,他们比早先苍老得多了。妈妈脸上又比过去增添了几道皱纹,爸爸的两鬓华发丛生。妈妈一边走一边劝爸爸说，他应该找她的姐夫去借点钱来。"不行，我不能够再去借更多的钱啦，"父亲从马厩前面经过的时候说道，"天下没有比欠着一身债更叫人难受的了。干脆把房子卖掉算啦。"

"把房子卖掉对我来说倒也无所谓啦，"母亲长吁一声说道，"要不是为了孩子的缘故，我本来是不会反对的。不过他说不定哪天就会回来，我们想得出来他必定是身无分文、狼狈不堪，那时我们又不住在这里了，叫他到哪里去安身呢？"

"是呀，你言之有理，"父亲沉吟片刻说道，"不过我们可以请新搬进来的人家好好地招待他，并且告诉他我们总是思念着他回家来的，不管他弄成什么样子，我们绝不会对他说一句重话的，你说这样行吗？"

"好哇，只要他能回到我的跟前来，我除了问问他出门在外有没有受饿挨冻，别的什么我都不说一句。"

爸爸妈妈说着说着就跨进了屋里，至于他们后来又讲了些什么，男孩子就不得而知了。他如今听到，尽管爸爸妈妈都以为他走上邪路了，可是依然倚门翘首等待着浪子回头，他们对他仍旧满怀着舐犊深情，父母的怜爱之心溢于言表。他的心里又是喜悦又是激动，恨不得马上就跑到他们身边去。"可是他们看到我现在这副怪模样，那会更加心酸的。"他想道。

正当他站在那里踌躇再三之际，有一辆马车辚辚而来，停在大门口。男孩子一看，吃惊得险些喊出声来，因为从车上下来的不是别人，正是放鹅姑娘奥萨和他的爸爸荣·阿萨尔森。奥萨和她的爸爸手牵着手朝屋里走去。他们神情端庄，没有说话，可是眼神里透出美丽的幸福之光。他们快要走过半个院子的时候，放鹅姑娘奥萨一把拉住了她的爸爸，对他说道："您可要记住，爸爸，千万不要提到长得跟尼尔斯·豪格尔森一模一样的那个小人儿，因为那个小人儿即使不是他，也一定和他有什么关系的。"

"好吧，我不说就是啦，"阿萨尔森说道，"我只告诉他们，你千里迢迢地来寻找我，一路上有好几次亏得他们儿子的相助搭救。现在我在北方找到了一个铁矿，财产多得花不完，所以我们父女俩特地到这里来问候他们，看看我们能够帮点什么忙，来报答这番恩情。"

"说得真好，爸爸，我知道你是很会讲话的。"奥萨说道。

他们走进屋里去了,男孩子真想跟进去听听他们在屋里究竟说了一些什么,但是他没敢走出马厩。没过多久,奥萨和她的爸爸就告辞了,爸爸妈妈一直把他们送到大门口。说来也奇怪,爸爸妈妈这时候都春风满面,喜上眉梢,似乎获得了一次新生。

客人们渐渐远去,爸爸妈妈意犹未尽地站在门口极目眺望。"谢天谢地,这一下我总算用不着再伤心发愁啦。你听听,尼尔斯竟然做了那么多好事。"妈妈乐不可支地说道。

"也许他做的好事没有像他们说的那么多吧。"父亲眉眼挂笑又若有所思地说道。

"哎呀,瞧你说的!他们父女俩专程大老远地跑来一趟,向我们面谢尼尔斯帮过他们大忙,而且还要帮助我们,来报答这份恩情,这难道还不够吗?我倒觉得你应当接受他们的好意才是。"

"不,我不愿意拿别人的钱,不管是算借给我的还是送给我的。我想当务之急是先把欠的债统统还清,然后我们再努力干活儿,发家致富。我俩反正都还身体结实,干得动活。"父亲说到这里,高兴得爆发出一阵发自内心的哈哈大笑。

"我相信,你是非要把我们花了那么多汗水和力气耕种的这块土地卖掉了才高兴。"妈妈揶揄地说道。

"你其实很清楚我为什么开心得哈哈大笑,"爸爸正色说道,"孩子离家失踪这件事情把我压垮了,我没有一点儿力气和心思去干活儿。可是如今,我知道他还活着,而且还做了不少好事,走了正道。那你就等着瞧吧,我豪尔格尔·尼尔森是可以干出点名堂来的。"

妈妈转身走回屋里,可是男孩子却不得不赶紧蜷缩到一个墙角里,因为爸爸朝马厩走了过来。爸爸踏进马厩,凑到马的身边,掀起蹄子看看能不能找到毛病。"这是怎么回事?"爸爸诧异地说道,因为他看到马蹄上刻着一行小字。"把马蹄里的尖铁片拔出来!"他念了一遍,又不胜惊愕地朝四周仔细察看动静。可是过了一会儿,他还是认认真真地盯住了马蹄子看起来,还不断地用手摸。"唔,我相信蹄子里面倒还真的扎进东西去啦。"他自言自语地喃喃说道。

爸爸忙着从马蹄里拔出东西来,男孩子缩在墙角里悄声不语。就在这时候,院子里又有了动静,有一批新的客人大模大样地不请自来。事情原来是这样的:雄鹅莫顿一来到他的旧居附近便再也克制不住自己的欲望,他一心要让农庄上的至爱亲朋同自己的妻子和儿女见见面,于是率领着灰雁邓芬和几只小雁浩浩荡荡飞回来了。

雄鹅来到的时候,豪尔格尔·尼尔森家的院子里一个人影也没有。雄鹅荣归故里心里喜滋滋的,便无忧无虑地降落在地上。他大摇大摆地带领着邓芬来到各处转悠一圈,想向她炫耀炫耀他过去还是一只家鹅的时候生活有多么惬意。他们绕了整个家庭一圈之后,发现牛棚的门是开着的。"到这里来瞧瞧!"雄鹅吭吭地大呼小叫,"你们会看到我早先住得多么舒服。那跟我们现在露宿在草地和沼泽里的滋味可大不一样。"

雄鹅站在门槛上朝牛棚里张望一下。"唔,里面倒没有人,"他说道,"来吧,邓芬,你来看看鹅窝!用不着提心吊胆!一点点危险都没有!"

于是,雄鹅走在前头,邓芬和六只小雁跟随其后走进鹅窝,去开开眼界,见识一下大白鹅在跟随大雁一起去闯荡周游之前居住得多么阔气和舒服。

"噢,我们那几只家鹅早先就住在这里。那边是我的窝,那边是食槽,早先食槽里总是装满了燕麦和水,"雄鹅眉飞色舞地介绍说,"看哪,食槽里还真有点吃的东西。"他说着就跑到食槽旁边,大口大口地吃起燕麦来。

可是灰雁邓芬却惴惴不安起来。"我们赶快出去吧。"她央求道。

"好的,再吃几口就走。"雄鹅说道,就在这时候,他突然尖叫一声就朝门口跑去,可惜已经来不及啦。那扇门嘎吱一声关上了。女主人站在门外把门闩插上,他们一家子全都自投罗网了。

爸爸从黑马的蹄子里拔出一根铁刺,正扬扬得意地站在那里抚摸着那匹马,妈妈兴冲冲地跑进了马厩。"喂,你快来瞧瞧,看我抓到了一窝子。"她说道。

"不要性急,先看看这里,"爸爸慢条斯理地应声说道,"直到现在我才找到马儿干不了活的真正原因。"

"哦,我相信,我们时来运转啦,"妈妈兴奋地说道,"你想想,春天不见的那只雄鹅竟是跟着大雁飞走的!他如今飞回来啦,还招引回来了七只大雁。他们统统钻进了鹅窝里,我就一下子把他们全关在里面啦。"

"这倒真是稀奇,"豪尔格尔·尼尔森说道,"你要知道,这么一来我们可以不再疑神疑鬼,担心是孩子离开家时顺手把雄鹅抱走的。"

"是呀,你说得很在理,"妈妈说道,"不过我想我们不得不今天晚上就把他们全都宰掉。再过两三天就是圣马丁节[1]了，我们要赶快把他们宰了，才来得及拿到城里去卖。"

"我以为把雄鹅宰掉是一桩罪恶，因为他招引了那么一群雁儿回家，是有功劳的呀。"爸爸豪尔格尔·尼尔森不以为然地说道。

"唉，那倒也是，"妈妈应声附和，可是一转眼又说道，"倘若在别的时候，倒可以放他一条活路。不过现在我们自己都要从这里搬走，我们没法子再养鹅啦。"

"嗯，这倒也是。"爸爸无可奈何地说道。

"那么你来帮我把他们弄到屋里去！"妈妈吩咐道。

他们俩走了出去。过了不大工夫，男孩子就看见爸爸一只胳膊下夹着雄鹅莫顿，另一只胳膊下夹着灰雁邓芬，跟在妈妈身后走进屋里。雄鹅尖声嚎叫起来："大拇指，快来救救我！"尽管此时此刻，雄鹅并不知道大拇指就近在咫尺，但是他还是像往常陷入险境时一样呼喊着。

尼尔斯·豪格尔森分明听到了雄鹅的拼命呼救，可是他倚在马厩门口动弹不得。他之所以迟迟疑疑不出来相救，倒

---

[1] 圣马丁节，在每年的11月11日，按习俗家家都要吃烤鹅。

不是因为他知道雄鹅被捆到屠宰凳上对他自己会有好处——在那一瞬间他甚至连想都没有想起这一点——而是因为，如果他要跑出去搭救雄鹅，他就要现身在爸爸妈妈面前，而他极不情愿那样做。"爸爸妈妈为我操碎了心，"他思忖道，"我又何必再为他们增添几分悲伤呢？"

可是当他们把雄鹅带进屋里，把门关上的时候，男孩子再也沉不住气了。他像离弦之箭一般冲过庭院，跳上房门前的榭木板，奔进了门廊。他习惯成自然地在那里把木鞋脱下来，光着脚走到门口。可是他实在不愿意让自己的这副小人儿怪模样在爸爸妈妈面前出乖露丑，所以他抬不起手臂来敲门。"这是雄鹅莫顿性命攸关的时刻呀，"他心头悚然一震，"自从你离开家门那一天起，他不就成了你最知心的朋友吗？"他这样反躬自问。霎时间，雄鹅和他生死与共的经历全都涌现在他的脑际，他想起了雄鹅怎样在冰冻的湖面上，在暴风骤雨的大海上，还有在凶残的野兽中间舍命救他的情景。他的心里溢满了感激和疼爱之情，终于克服了自己的疑惧，不顾一切地用拳头拼命捶打屋门。

"哦，外面是谁那么性急要进来？"爸爸嘟囔了一声把门打开。

"妈妈，您千万不要动手宰雄鹅！"男孩子高声大叫，就在这时候被捆在凳子上的雄鹅和灰雁邓芬惊喜交集地发出一声尖叫，男孩子一听总算放心了，因为他们还活着。

屋里惊喜交集地发出一声尖叫的还有一个人，那便是他的妈妈。"哎哟，我的孩子，你长高啦，也长得好看啦！"她叫喊起来。

男孩子没有走进屋去，仍旧站在门槛上，仿佛是一个不知道会看到主人怎样脸色的不速之客。"感激上帝，我可把你盼回来啦，"妈妈涕泪交加地说道，"快进来呀！快进来呀！"

"欢迎你回来。"爸爸哽咽得再多一句话也讲不出来了。

男孩子还是局促不安地站在门槛上，迟迟疑疑不敢举步。他莫名其妙，怎么父母看到他那么小不点儿的怪模样还如此高兴和激动？妈妈走了过来，张开双臂把他拦腰搂住，拖着他进屋里去。这时候他才发觉自己陡然长得比原来还高一些。

"爸爸，妈妈，我变大啦，我又变成真正的人啦。"男孩子喜出望外地喊叫起来。

告别大雁

第二天早上天还没有亮,男孩子就起床出门,朝海边走去。在晨曦熹微的时候,他已经来到了斯密格渔村东面的海岸。他是独自前去的。他离开家之前到牛棚里去找过雄鹅莫顿,想把雄鹅叫醒了一起去,可是雄鹅刚回到家就眷恋得再也舍不得离开,一句话也没有,只是把脑袋缩在翅膀底下睡过去了。

那一天看样子会是个晴朗明媚的大好天,几乎就像今年春天大雁飞越大海来到斯康耐那一天一样好。大海的海面上烟波浩渺,风平浪静,连空气似乎也静止不动了。男孩子不禁想到大雁们真是挑了一个好日子飞过大海长途旅行啊。

他自己至今还有些头晕目眩、迷迷糊糊。他一会儿觉得自己是小精灵,一会儿又觉得自己是个真正的人。他看到路边有一堵石头围墙的时候,就免不了提心吊胆不敢走过去,一定要看个仔细,弄明白围墙背后确实没有野兽躲藏着对他虎视眈眈。而转眼之间他又忍不住笑出声来，因为如今他这样又高又强壮，用不着害怕什么的。

他来到海边就站在海岸的最边缘处，好让大雁们看到他那高大的身躯。那一天刚好有大批候鸟迁徙，天空中婉转啼鸣之声不绝于耳。他想到，没有人能够像他一样听得懂鸟儿的啁啾，他禁不住得意扬扬地微笑起来。

大雁们浩浩荡荡地飞过来了，一大群接着一大群络绎不绝。"但愿我的那群大雁千万不要没有向我告别就飞走！"他心里想道，因为他一心要把事情的原委始末全都告诉他们，而且还要告诉他们，现在他又是一个真正的人了。

又一群大雁飞起来了，这一群飞翔得比其他大雁更矫健，鸣叫得比其他大雁更嘹亮。他们身上那股说不出来的神态告诉了他，这就是带着他周游过各地的雁群，可是他却不能像前一天那样只消看上一眼就确认无误。

大雁们放慢速度，沿着海岸来回盘旋。男孩子立即明白过来，那就是他的雁群。可是他暗暗纳闷，大雁们为什么不飞落到他的身边，因为他们不会看不见他站在那里。

他用尽力气想发出模仿鸟语的声音，然而想不到舌头直僵僵地不听使唤了！他再也发不出那种正确的鸟语来了。

空中传来了阿卡的鸣叫声,可是他再也听不懂她在说些什么。"这是怎么回事呀?难道大雁们说话的腔调全变啦?"他心里茫然不知所措。

他朝他们挥舞自己的尖顶小帽,他沿着海岸大步奔跑,嘴里放声高喊:"我在这里,你在哪里?"

然而这样做似乎使得雁群受到了惊吓,他们飞上天空朝海面拐过去了。这时候他总算明白过来了!大雁们并不知道他已经又变成人了,他们认不出他了。

他再也没有办法把雁群呼唤到自己的身边。人是不会讲鸟语的,他一旦变成了人,也就不会讲鸟语了,自然也就听不懂鸟儿的话了。

尽管男孩子为自己终于解脱了妖术的蛊惑而兴高采烈,然而他想到就此要同自己最心爱的伙伴分道扬镳却不免黯然神伤。他一屁股坐在沙滩上,双手捂紧了面孔。唉,再盯着他们看又有什么用呢?

可是过了半晌,他又听得扑扑的翅膀扇动声。原来领头雁阿卡大婶离开大拇指后心情非常沉重,她又忍不住飞回来一次,再来看个究竟。这时候男孩子一动不动地静坐着,她就敢飞得离他近一些。蓦地,那熟悉的身影使她豁然开朗,她终于看清楚并认准了他是谁。她便降落在紧靠着他的一个小岬角上。

男孩子喜出望外地欢呼起来,他把老雁阿卡紧紧搂在怀里。别的大雁也都围了上来,用喙在他身上摩来擦去,在他身边挤来挤去。他们叽叽呱呱鸣叫不停,似乎都在表达他们的由衷祝贺。他也不停地对他们说着话,感谢他们带着他做了一次奇妙的旅行。

可是大雁们骤然都异样地沉静下来,而且从他身边缩了回去。他们警觉起来了,似乎想说:"要小心哪,他不是那个大拇指啦,他是一个真正的人呀,他不了解我们,我们也不了解他呀。"

于是男孩子站起身来,走到领头雁阿卡面前。他爱抚着她,还轻轻地拍拍她。在这以后,他又依次抚摩和轻拍那些从最初就同他在一起的老雁,像亚克西和卡克西啦,科尔美和奈利亚啦,还有库西和维茜。

然后,他就离开海岸往内陆走去,因为他深知鸟类的悲伤是维持不了多久的。他想趁他们还在为失去了他而伤心难过的时候赶快离开他们。

他踏上堤岸以后,又转过身去看那些朝大海飞去的鸟群。所有鸟群都发出鸣叫，此起彼伏，呼应不绝，唯独有一群大雁却悄然无声地朝前飞去。男孩子站在那里目送他们远去。

那群大雁排列对称，队形整齐，他们飞翔得非常快，他们翅膀挥动得强健有力。男孩子脉脉深情地目送着他们远去，心里无限惆怅，似乎盼望能够再一次变成一个名叫大拇指的小人儿，再跟随着雁群飞过陆地和海洋，遨游各地。

图书在版编目（CIP）数据

尼尔斯骑鹅旅行记/（瑞典）塞尔玛·拉格洛夫著；石琴娥译. — 成都：天地出版社，2025.1. —（可以不用长大）. — ISBN 978-7-5455-8554-4

Ⅰ. I532.88

中国国家版本馆CIP数据核字第2024MS5549号

NIERSI QI E LÜXINGJI
尼尔斯骑鹅旅行记

出 品 人	杨　政
作　　者	［瑞典］塞尔玛·拉格洛夫
译　　者	石琴娥
责任编辑	杨　露
责任校对	曾孝莉
封面设计	刘　洋
内文排版	谢　彬
责任印制	王学锋

出版发行	天地出版社 （成都市锦江区三色路238号 邮政编码：610023） （北京市方庄芳群园3区3号 邮政编码：100078）
网　　址	http://www.tiandiph.com
电子邮箱	tianditg@163.com
经　　销	新华文轩出版传媒股份有限公司
印　　刷	北京旺都印务有限公司
版　　次	2025年1月第1版
印　　次	2025年1月第1次印刷
开　　本	787mm×1092mm　1/32
印　　张	9.5
字　　数	159千字
定　　价	42.00元
书　　号	ISBN 978-7-5455-8554-4

版权所有◆违者必究

咨询电话：（028）86361282（总编室）
购书热线：（010）67693207（营销中心）

如有印装错误，请与本社联系调换